José V. Ramos

Gerd Rödiger

BLACK NOiSE

7 dunkle Geschichten

Black Noise
trapezoeder media, Berlin
www.trapezoeder.de
Copyright © 2014 José V. Ramos, Gerd Rödiger

Gerd Rödiger
Stubbenkammerstr. 10
10437 Berlin

Herstellung und Druck: BoD Books on Demand, Norderstedt
Cover-Foto: Oboznaya Kristina / Shutterstock
Cover-Design: vipergfx
https://www.facebook.com/vipergfxdotcom
Umschlaggestaltung: Branwen Arts
Korrektorat, Satz und Layout: Lektor-hoch-drei
http://www.lektor-hoch-drei.de

ISBN: 978-3-73864-116-5

Die Deutsche Nationalbibliothek verzeichnet diese Publikation in
der Deutschen Nationalbibliografie; detaillierte bibliografische Daten
sind im Internet unter http://dnb.dnb.de abrufbar.

José V. Ramos
Gerd Rödiger

BLACK NOISE

7 dunkle Geschichten

FSC

www.fsc.org

MIX

Papier aus ver-
antwortungsvollen
Quellen
Paper from
responsible sources

FSC® C105338

Inhalt

Gerd Rödiger
Dunkler Engel

O, Death
O, Death
Won't you spare me over til another year?
Well what is this that I can't see
With ice cold hands takin' hold of me
Well I am death, none can excel
I'll open the door to heaven or hell
Whoa, death someone would pray
Could you wait to call me another day
(O Death; traditioneller amerikanischer Folk-Song)

Russland, 1928

Sergej Tchetchulin betrat das Labor, um nach dem Experiment zu sehen. Er hatte nur wenige Stunden geschlafen, da er befürchtete, eine entscheidende Entwicklung oder Veränderung zu verpassen. In dem kahlen Raum roch es nach Desinfektionsmittel. Und zu seinem Ärger auch nach Tabakrauch. Die Luft war erfüllt vom Brummen der Geräte, welche den Kreislauf in Gang hielten. Um den Tisch hatten sich bereits zahlreiche Studenten versammelt, aber sie hielten einen respektvollen Abstand zu dem Versuchsgegenstand ein. Tchetchulin räusperte sich und ging durch die Gasse, welche die jungen Leute augenblicklich bildeten. Auch der Hund hatte ihn bemerkt. Er riss seine Augen weit auf, aber es war nicht zu erkennen, ob aus Angst, Freude oder Neugier. Er konnte seinen Kopf nicht drehen, da er in einem Metallgestell fest fixiert war. Beide sahen einander einige Sekunden direkt an, dann wandte der Hund seinen Blick ab. In seinen Augenwinkeln hatte sich ein wenig Sekret angesammelt, das Tchetchulins Kollege mit einem in Kamillentee getunkten Wattebausch abwischte. Er tat dies sorgfältig und beinahe mit Hingabe.

»Guten Morgen, Sergej!«

»Guten Morgen, Sergej.«

Einige der vorlauteren Studenten nannten sie hinter ihren Rücken die »Gebrüder Frankenstein«, aber außer ihren Vornamen und dem Forschungsprojekt, zu dem sie eingeteilt worden waren, verband die beiden Wissenschaftler kaum etwas. Nach Tchetchulins Meinung war Sergej Brukhonenko ein ausgezeichneter Arzt, aber er ließ sich manchmal zu sehr von seinen Gefühlen leiten, anstatt die angestrebten Resultate im Auge zu behalten. Tchetchulin war ein Riese mit tiefer Stimme, und für ihn zählte nur seine Arbeit. Er wirkte auf andere Menschen unnahbar und beinahe bedrohlich. Falls er es überhaupt bemerkte, schien es ihm gleichgültig zu sein.

»Gibt es etwas Neues?«

»Nein, es hat sich kaum etwas geändert. Alle Reaktionen sind im Wesentlichen dieselben, auch wenn die Reflexe sich etwas verlangsamt haben.«

»Dann lass uns anfangen, bevor es zu spät ist.«

»Ist es wirklich nötig, dass wir alles noch einmal durchführen? Ich verspreche mir keine neuen Erkenntnisse davon. Vielleicht könnten wir dem armen Tier wenigstens ein wenig Morphium verabreichen, ich glaube, es hat Schmerzen.«

Wieder diese Gefühlsduselei. Tchetchulin blickte in die Gesichter der Studenten, und einige schienen vorsichtig zu nicken, um Brukhonenko zuzustimmen. Er wollte sich nicht vor den Studenten, die zu ihnen beiden aufblickten, mit seinem Kollegen streiten. Aber er musste dafür Sorge tragen, dass das Experiment wie vorgesehen fortgeführt wurde.

»Morphium würde die Reaktionszeit deutlich verlängern und unsere Messergebnisse verfälschen. Ich erwarte ebenfalls keine qualitativen Veränderungen. Wie Sie aber wissen, ist das Ziel unseres Versuches, herauszufinden, wie lange wir diesen Zustand aufrechterhalten können. Lassen Sie uns keine weitere Zeit verlieren und beginnen!«

Er griff sich sein Notizbuch, überflog die letzten Eintragungen und winkte einen Studenten heran. Dieser nahm eine Taschenlampe und leuchtete auf Tchetchulins Anweisung dem Hund abwechselnd in beide Augen.

»Und?«

»Die Pupillen verengen sich. Sie weiten sich wieder, wenn ich die Lichtquelle entferne, allerdings deutlich langsamer als gestern. Ein Blinzeln ist nicht zu beobachten, aber die Augenlider zittern.«

»Weiter!«

Der Student legte die Lampe zur Seite und öffnete ein Glas mit einer klaren Flüssigkeit, in die er einen Lappen tunkte. Er benetzte die Schnauze des Hundes und trat dann einen Schritt zurück. Im Labor verbreitete sich der Geruch von Essig. Die Schnauze öffnete sich, und eine dunkle, ledrige Zunge fiel heraus. Sie baumelte einige Sekunden wie ein Pendel hin und her, dann hob sie sich und leckte den Essig ab. Einige Studenten wurden unruhig, aber Tchetchulin notierte zufrieden etwas in seinem Notizbuch.

»Normale Reaktion, sehr gut. Weiter. Das Chinin!«

Der Student, der ihm bisher assistiert hatte, hantierte an dem Glas, das den Essig enthielt, und schien endlos lange zu brauchen, um es zu verschließen.

»Genosse Brukhonenko, wenn Sie so freundlich wären ...?«

Brukhonenko seufzte und öffnete ein weiteres Glas. Er entnahm mit einer Pipette einige Milliliter der Flüssigkeit und spritzte sie dem Hund in den Rachen. Dessen Augen weiteten sich und begannen nach kurzer Zeit zu tränen. Kein Laut kam aus der Kehle des Hundes, aber beim Anblick seiner rot unterlaufenen Augen begann eine Studentin laut zu schluchzen und lief aus dem Labor. Tchetchulin quittierte es mit einem kurzen Lächeln, dann setzte er eine ernste Miene auf und wandte sich an die Umstehenden.

»Herrschaften! Dies ist eine wissenschaftliche Einrichtung und kein Streichelzoo! Mütterchen Russland stellt uns dieses wunderbare Labor und die teuren Geräte nicht zur Verfügung, damit wir uns mit den Tieren vergnügen! Wir sind hier, um neue wissenschaftliche Erkenntnisse zu gewinnen und damit dem russischen Volk zu dienen! Wir haben mit diesem Experiment Neuland betreten, und unsere Ergebnisse sind phänomenal! Dies wird auch von höherer Stelle so bewertet. Wenn Sie erlauben, werden wir nun fortfahren!«

Er warf sein Notizbuch auf den Tisch und griff nach einer Schale, die mit Süßigkeiten gefüllt war. Er nahm ein Stückchen Schokolade, steckte es sich in den Mund und rollte genüsslich die Augen. Brukhonenko zündete sich eine Papyrossi an, blies den Rauch in Tchetchulins Richtung und wandte sich dann ab. Tchetchulin zuckte mit den Schultern. Er hatte den Studenten die Wahrheit gesagt. Der Versuch lief besser, als er jemals zu träumen gewagt hatte. Wenn er ehrlich zu sich selbst war, machte es ihm tatsächlich ein wenig Spaß. Er nahm ein Bonbon, wickelte es aus und hielt es dem Hund unter die Nase. Die Nüstern schienen sich zu weiten, aber in den noch immer tränenden Augen des Tieres konnte man keine Regung ablesen. Tchetchulin warf dem Hund das Bonbon zu, und dieser schnappte danach. Er kaute kurz darauf herum, dann schluckte er es hinunter, worauf ein metallisches Geräusch erklang.

»Es waren ganze Haselnüsse drin!«, verkündete Tchetchulin.

Ein Student, der die Prozedur zum ersten Mal sah, zog sich einen Stuhl heran und setzte sich. Ein anderer applaudierte, und einige taten es ihm gleich. Tchetchulin fühlte sich geschmeichelt und ging zu der Nierenschale, in die das zerkaute Bonbon gefallen war. Er stellte sie zur Seite und betrachtete den Hundekopf, der von einem Metallgestell gehalten wurde. Dort, wo er vor drei Tagen von seinem Rumpf getrennt worden war, ragten Schläuche aus dem blutigen Stumpf, die mit mehreren Maschinen verbunden waren. Eine Pumpe auf dem Nebentisch sorgte dafür, dass das Blut weiter zirkulierte, das in einem feinen Filter gereinigt wurde. Ein zweiter Apparat reicherte den Lebenssaft mit Sauerstoff an und ein dritter behandelte es chemisch, um zu verhindern, dass es gerann. Zufrieden studierte Tchetchulin die Blutwerte und betrachtete die Anlage, die er zu großen Teilen selbst entwickelt hatte. Sie hatten den Hundekopf beinahe drei Tage am Leben erhalten. Er hatte auf alle Reize reagiert wie ein richtiger Hund. Er konnte sich lediglich nicht mehr hinter den Ohren kratzen, da sein Körper mitsamt allen Organen längst entsorgt worden war. Tchetchulin lächelte. Er hatte den ersten – wenn auch primitiven – Dialyse-Apparat der Welt entwickelt. Der namenlose Hund starb am dritten Tag, aber seine Nachfolger konnten bis zu einer Woche am Leben erhalten werden.

In den folgenden Jahren wurde die Technik weiter verfeinert, und auch in anderen Ländern wurden große Fortschritte gemacht. Die Dialyse rettet seither täglich unzähligen Menschen das Leben. Lange Zeit kam niemand mehr auf die Idee, einem Lebewesen aus medizinischen Gründen den Kopf abzutrennen.

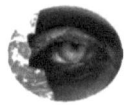

Deutschland, 2014

Jens Widmer hatte den Streifendienst seit vielen Jahren hinter sich gelassen, aber da der Unfall direkt vor seiner Nase passiert war, musste er nach dem Rechten sehen. Der Fahrer des Lastwagens war auf die linke Spur der Autobahn gezogen und hatte einen Kleinwagen übersehen. Beide waren ins Schleudern geraten, eine kleine Böschung hinunter gerutscht und auf die Seite gekippt. Kommissar Widmer war auf dem Heimweg gewesen und war einige Fahrzeuge hinter dem Lastwagen gefahren, als es passierte. Er sicherte die Unfallstelle mit einem Warndreieck und lief mit seinem Verbandskoffer zu den Fahrzeugen. Glücklicherweise schien niemand ernsthaft verletzt zu sein. Die Ladeluke des Lastwagens hatte sich ein Stück weit geöffnet und ekelerregender Verwesungsgestank drang aus dem Inneren.

»Um Himmels willen, was haben Sie denn geladen?«

Der Fahrer tupfte sich mit einem Taschentuch Blut von der Stirn und lächelte verlegen.

»Tierkadaver. Ich bin Abdecker und sammle bei den Schlachtereien die Abfälle ein. Ausgebeinte Rinder und Schweine, dazu das Rückenmark und die Gehirne. Und natürlich das verdorbene Fleisch, das nicht mehr verkauft werden darf.«

»Ich hoffe, Sie vergraben das Zeug tief! Das hält ja kein Mensch aus!«

»Die Kadaver werden nicht vergraben, sondern verbrannt. Ich liefere meine Fracht direkt an Zementwerke. Die verbrennen sie dann in Sekundenschnelle zu Asche.

Normalerweise ist der Gestank auch gar nicht mal so schlimm. Heute hatte ich eine Panne, und der Wagen stand den ganzen Nachmittag in der Sonne.«

Widmer kannte den Geruch. Er hatte ihn mehrere Dutzend Male gerochen, als er zu seiner Zeit als Streifenpolizist Wohnungstüren aufbrechen musste, hinter denen sich seit Wochen kein Lebenszeichen mehr gerührt hatte. Er hatte sich nicht vorstellen können, dass der Gestank im Freien eine solche Intensität entwickeln konnte. Einige Autofahrer, die ebenfalls die Böschung herunter geklettert waren, um zu helfen, wichen wieder zurück. Viele übergaben sich.

Widmer rief seine Kollegen zu Hilfe. Als er sein Mobiltelefon wieder in die Tasche gesteckt hatte, herrschte einen Moment betretenes Schweigen. Es wurde jäh von einem langgezogenen Quietschen unterbrochen. Die beschädigte Luke des Lkws gab dem tonnenschweren Druck der toten Tiere nach, und die Fracht ergoss sich auf die Wiese. Widmer zuckte zusammen und schluckte zweimal kräftig. Der Lastwagenfahrer zündete sich eine Zigarette an und versuchte sich erneut an einem Lächeln.

»Man gewöhnt sich mit der Zeit daran. Na ja, beinahe zumindest.«

Immer mehr Fleischreste bahnten sich den Weg ins Freie. Über die stinkenden Fleischabfälle glitten Därme, die aussahen wie dunkelrote Schlangen.

Ohne Vorwarnung begann es plötzlich zu regnen. Das war nicht ungewöhnlich in diesem August, in dem sich drückende Hitze mit reinigenden Gewittern abwechselte. Das Wasser fiel mit solcher Heftigkeit aus den Wolken, dass es das restliche Blut aus den Schlachtabfällen spülte und tiefrote Rinnsale bildete, die den Hang hinunter flossen. Ein Großteil der Schaulustigen flüchtete zu ihren Autos und beobachtete die weitere Entwicklung mit einer Mischung aus Ekel und Neugierde vom Trockenen aus. Nach wenigen Minuten zogen die Wolken weiter, und die letzten Tropfen fielen schwer in das nasse Gras. Widmer strich sich die Haare aus der Stirn und betrachtete den Fleischberg. Die anderen blieben in ihren Wagen. Der Fahrer des Lastwagens telefonierte mit seinem Chef. So war Widmer der Einzige, dem etwas Ungewöhnliches inmitten dieser Ungeheuerlichkeit auffiel. Etwas ragte aus dem halb verfaulten Fleisch auf, das nicht dorthin gehörte. Von weitem sah es aus wie ein roter Fußball. Der Fahrer sah entsetzt zu, wie sich Widmer dem Berg aus Kadavern näherte. Er zog sich die Plastikhandschuhe aus dem Verbandskasten über und begann, in den blutigen Überresten zu wühlen. Die Fleischreste unter seinen Schuhen waren glitschig, und er versank bis über die Knöchel darin. Mehr als einmal fiel er beinahe mit dem Gesicht voran in die ekelerregende Masse. Schließlich erreichte er den Gegenstand, den er gesucht hatte. Er wischte ihn ab und zog ihn aus dem Wirrwarr von Wirbelsäulen, Rinderhirnen und nicht mehr identifizierbaren Innereien. Vermutlich hätte er abwarten sollen, bis die Spurensicherung kam, aber aus einem inneren Drang heraus, der Sache sofort nachzugehen, kehrte er zu dem Fahrer zurück. Er präsentierte ihm, was er unter den Tierkadavern gefunden hatte. Nun übergab sich auch der Fahrer.

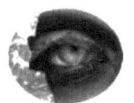

W idmer erwachte, als ihn jemand an der Schulter schüttelte und etwas vor ihm auf den Tisch legte. Er bedankte sich im Halbschlaf und blinzelte. Im Büro brannte nur noch die Notbeleuchtung. Er war wieder allein. Es war fünf Uhr morgens. Der Gerichtsmediziner war über die Sonderschicht nicht besonders erfreut gewesen. Aber als man ihm die grausigen Funde präsentierte, hatte er die Zähne zusammengebissen und sich an die Arbeit gemacht. Widmer streckte sich. Etwas in seinem Rücken knackte. Schmerz breitete sich von der Stelle über seinen gesamten Körper aus, ließ wieder nach, verschwand aber nicht völlig. Widmer ging zu einem Waschbecken und spritzte sich Wasser ins Gesicht. Er blickte in den Spiegel. Er war achtundzwanzig Jahre alt und hatte beim letzten Polizeisportfest den ersten Platz in den meisten Disziplinen belegt. Er war gesund und fit. Aber manchmal hatte er das Gefühl, dass ihm die Arbeit am Schreibtisch eines Tages den Rücken brechen würde. Er ging zurück an den Tisch, schaltete die Lampe an und schlug den Bericht auf. Unter den teilweise stark verwesten Tierkörpern hatte man drei menschliche Köpfe und einen Torso gefunden, der zu einem der Köpfe zu passen schien. Sie waren mit chirurgischer Präzision abgetrennt worden. Während sie noch gelebt hatten. Wenigstens musste man sich keine Gedanken über die Todesursache machen. Der Todeszeitpunkt lag ungefähr fünfundzwanzig bis dreißig Stunden zurück. Widmer hatte das Fahrtenbuch des Abdeckers überprüft, bis er darüber eingeschlafen war. In einer Stunde würde er den Staatsanwalt anrufen. Wenig später würden ein Dutzend Beamte unterwegs sein, um die Metzgereien auf den Kopf zu stellen, die der Abdecker am Vortag abgefahren hatte. Widmer glaubte nicht, dass ein Metzger der Täter war. Aber es war die naheliegendste Spur, der sie nachgehen mussten. Auf den ersten Blick hatte es bei der Route des Abdeckers keine Auffälligkeiten gegeben. Lediglich nach der letzten Station hatte es eine Unterbrechung von zwei Stunden gegeben. Der Fahrer hatte dies mit der Panne erklärt. Man fand einen beschädigten Reifen in der Halterung des Reserverades. Auf den ersten Blick schien sich das Rad schon länger dort zu befinden, aber das musste noch von einem Sachverständigen überprüft werden. Der wie der Staatsanwalt – und Millionen anderer Menschen – noch in seinem Bett lag und friedlich schlummerte.

Um sieben Uhr ließ Widmer den Fahrer des Lastwagens wecken, den man in einer Zelle im Präsidium untergebracht hatte. Er wollte nichts essen, nahm aber dankbar einen Kaffee an. Er war übermüdet und ein wenig unsicher. Widmer stellte ihm noch einmal dieselben Fragen wie am Vortag. Ja, er war dieselbe Tour wie immer gefahren. Nein, ihm war nichts Ungewöhnliches aufgefallen. Nein, er sah sich die Abfälle nicht an. Die Schlachter sammelten sie in einer Metallwanne, die er mit einem kleinen Gabelstapler, der an seinem Wagen befestigt war, durch eine Klappe auf die Ladefläche entleerte.

»Eine Sache irritiert mich ein wenig. Warum hat es zwei Stunden gedauert, bis Sie das Rad gewechselt hatten?«

»Sie dürfen einen Lkw nicht mit Ihrem Auto vergleichen. Das ist ein ganz anderes Kaliber! Man muss sehr vorsichtig sein, und die Schrauben waren festgerostet.«

Der Fahrer lehnte sich ein wenig in seinem Stuhl zurück und trank von seinem Kaffee.

»Außerdem war es eine ungünstige Stelle, und der Wagen stand ein wenig schräg.«

Eine Begründung zu viel.

»Die Schrauben werden bereits überprüft. Könnten Sie mir die genaue Stelle zeigen, wo Sie die Panne gehabt haben?«

Widmer reichte dem Fahrer eine Karte. Der Mann zögerte. Als er die Kaffeetasse wieder zum Mund führte, landeten einige Tropfen auf seinem Hemd.

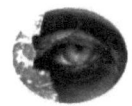

D er Patient lag im Halbdunkel. Aus den in die Decke eingelassenen Lautsprechern erklang leise Musik. Doktor Ludwig Götz nickte der Nachtschwester zu. Sie verließ das Zimmer und schloss behutsam die Tür hinter sich. Der Patient war wach, und seine Augen bewegten sich hektisch hin und her. In seinem Blick lag Angst. Götz lächelte, um den Mann zu beruhigen. Er lächelte viel. Die Patienten wurden ruhiger, und die Krankenschwestern spurten besser, wenn man sie anlächelte. Götz hatte es in den letzten Jahren immer wieder vor dem Spiegel geübt. Inzwischen war es so gut, dass es beinahe natürlich wirkte. Die Lippen des Patienten begannen zu zittern und undeutliche Laute hervorzustoßen. Götz machte eine beschwichtigende Geste.

»Beruhigen Sie sich, und strengen Sie sich nicht zu sehr an!«

Er setzte sich auf einen Stuhl am Kopfende des Bettes und schaltete die Musik aus. Für einige Sekunden herrschte Stille, bis auf das Summen der zahlreichen medizinischen Apparate.

»Es ist alles in Ordnung. Die Operation ist gut verlaufen. Es gab keine Komplikationen. Sie waren zwei Wochen im künstlichen Koma, wie ich es Ihnen vorausgesagt habe. Alle Werte sind im Bereich des Normalen, und wir sind sehr zufrieden mit Ihnen.«

Götz' Stimme war tief und warm. Auch das hatte er kultiviert.

Der Mann schloss seine Augen. Er hätte sich ein wenig tiefer in sein Kissen zurücksinken lassen, wenn das Metallgestell um seinen Schädel dies nicht verhindert hätte. Er erschrak, doch dann schien er sich an etwas zu erinnern. Er versuchte, dem Arzt seine rechte Hand zum Dank zu reichen, doch ein Textilband hielt sie an der Matratze fixiert. Götz sah die aufkommende Panik in den Augen seines Patienten und griff nach dessen Hand. Wieder lächelte er.

»Eine reine Vorsichtsmaßnahme. Wir wollen doch nicht, dass Sie sich unabsichtlich an der frischen Wundnaht kratzen, oder?«

Auch der Patient versuchte zu lächeln, während Götz den Verband löste. Götz betrachtete die Narbe eingehend und wischte mit einem Tuch ein wenig Eiter und Wundflüssigkeit ab, die nicht von den Drainageschläuchen abgesaugt worden waren.

»Exzellente Arbeit, wenn ich mich selber loben darf! Wir werden jetzt mit den ersten Tests beginnen.«

Die Augen des Patienten öffneten sich weit.

»Ich weiß, ich weiß. Sie sind noch sehr schwach. Aber es muss jetzt sein! Später werden wir nicht mehr in der Lage sein, Korrekturen vorzunehmen.«

Götz lächelte ein weiteres Mal in das Gesicht seines Patienten. Während er seine Mundwinkel mit Professionalität und Routine nach oben zog, betrachtete er die Gesichtszüge des Mannes, der hilflos vor ihm lag. Seine Haut war faltig und grau, als ob sich Staub darin angesammelt hatte. Die Wangen waren glattrasiert, aber aus der Nase und aus den Ohren wuchsen dichte, aschfahle Haarbüschel. Die Augen lagen tief in ihren Höhlen. Der letzte Rest von Leben, der noch in diesem Körper war, schien sich dorthin geflüchtet zu haben.

Um das Gesicht würde Götz sich später kümmern. Wenn der Mann wollte. Die meisten wollten es. Sie wollten perfekt sein.

Eitler, alter Mann, dachte Götz. *Reicher, alter Mann.*

Dann nahm er seine Lampe, leuchtete dem Patienten abwechselnd in beide Augen und notierte die Ergebnisse.

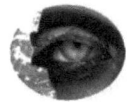

D er Mann war von Kopf bis Fuß weiß gekleidet. Er streifte sich Gummihandschuhe über die fleischigen Hände und griff sich das Gerät. Es sah ein wenig aus wie ein Kleiderbügel mit einem Scharnier in der Mitte, aus dem ein Kabel heraus hing. Das Tier schien zu ahnen, was ihm bevorstand. Es schrie und zappelte, aber der Fluchtweg war ihm durch Metallgitter versperrt, und auf dem glatten Untergrund glitten seine Hufe aus. Der Mann beugte sich über den Zaun und hielt dem Schwein die Zange an den Kopf. Das Tier spürte für den Bruchteil einer Sekunde die Kühle des Metalls, dann wurden zweihundertfünfzig Volt an die Zange angelegt. Das Tier verdrehte die Augen, schrie kurz auf, und sein Körper zuckte einige Mal heftig, bevor es ohnmächtig zusammenbrach. Der Mann in Weiß löste die Bügel vom Kopf des Tieres. Er öffnete die Zange weit und legte sie dem Tier um die Brust. Wieder zuckte der Körper. Der einzige Laut, den das sterbende Schwein jetzt noch von sich gab, entstand durch das Entleeren seiner Därme.

Widmer trat von einem Bein auf das andere, immer bedacht, nicht in eine der zahlreichen Pfützen aus Schweineurin zu treten, die überall auf dem Hof verteilt waren. Bei keinem der Schlachter hatten sie etwas Auffälliges gefunden. Zumindest nichts, was über einige illegale Beschäftigte und überlagertes Fleisch hinausging. Widmer hatte sich im Lauf des Tages vorgenommen, eventuell doch Vegetarier zu werden. Ansonsten hatte sich bei seinen Ermittlungen nichts Verwertbares ergeben. Jeder von ihnen besuchte Metzger hatte irgendeine Kleinigkeit zu verbergen. Menschliche Leichen hatte keiner von ihnen im Keller. Keiner hatte ein Motiv, jemanden aus dem Weg zu schaffen, und aus den entsprechenden Orten war niemand als vermisst gemeldet worden. Niemand, der nicht am nächsten Morgen irgendwo verkatert aufgefunden wurde. Die Behälter für den Abdecker waren allesamt an vorschriftsmäßig verschließbaren Orten untergebracht, und es war kaum denkbar, dass dort jemand unbemerkt Leichenteile entsorgen konnte.

Sie hatten den ganzen Tag auf schmutzigen Hinterhöfen und in dampfenden Wurstküchen zugebracht. Widmer war müde. Seine Kleidung, die er seit dem Vortag nicht gewechselt hatte, schien den metallischen Geruch des Blutes aufgesogen zu haben. Er überließ die letzten Routinefragen und Überprüfungen von Arbeitspapieren seinen Kollegen und setzte sich in seinen Wagen.

Der erste Metzger, den sie am frühen Morgen besucht hatten, musste doch ein schlechtes Gewissen gehabt haben. Er hatte ein Fresspaket aus teurem Rinderfilet und feiner Pastete zusammengestellt und es Widmer heimlich auf die Rückbank gelegt. Dort hatte dieser es am frühen Nachmittag entdeckt, nachdem die Sonne viele Stunden auf das Autodach geschienen hatte. Da war ihm klar geworden, dass der süßliche Geruch nicht nur von seiner Kleidung stammen konnte. Er hatte das Paket im nächsten Mülleimer entsorgt, aber der Geruch war geblieben. Er öffnete alle Fenster, steckte sich eine Zigarette an und fuhr los.

Es gab heutzutage nur noch wenige Metzger, die selber schlachteten. Die meisten bestellten ihr Fleisch bei großen Schlachthöfen. Sie hatten an diesem Tag weit fahren müssen, um alle Schlachtereien abzuklappern, die auf der Kundenliste des Abdeckers standen.

Widmer stand ein weiter Weg zurück in die Stadt bevor, aber das machte ihm nichts aus. Zu Hause wartete niemand auf ihn. Nur unerledigte Hausarbeit und ein alter Fernseher. Er legte eine Blues-CD ein, drehte die Lautstärke hoch und genoss die frische Landluft, die durch die Fenster in den Wagen strömte. Selbst als es zu regnen begann, ließ er die Fenster noch eine Zeit lang offen. Er ertappte sich sogar bei dem Gedanken, einfach auszusteigen und sich eine Weile in den kühlenden Regen zu stellen, um den Gestank seiner Arbeit abzuwaschen. Widmer hatte sich vorgenommen, auf dem Rückweg die Strecke abzufahren, die auch der Abdecker genommen hatte. Vielleicht konnte er die Stelle finden, wo der Fahrer den Reifen angeblich gewechselt hatte. Wenn ein Lkw zwei Stunden lang mit einem Teil seiner Räder auf dem Seitenstreifen einer Landstraße gestanden hatte, müsste dies Spuren hinterlassen haben. Der Regen wurde allmählich dichter und spülte nach und nach Widmers Hoffnungen in dieser Hinsicht weg. Zusätzlich erschwerte er die Sicht auf die spärlich an der Landstraße verteilten Wegweiser. Es dauerte nicht lange, und Widmer hatte sich in dem ländlichen Gewirr aus Schleichwegen und Ortschaften, die in Sackgassen endeten, verfahren. Ihm begegnete kein anderer Wagen. In den kleinen Dörfern, durch die er fuhr, war niemand auf der Straße. Als er zum zweiten Mal an dieselbe Abzweigung kam, hielt er an. Einige hundert Meter von der Straße entfernt sah er hinter einer Baumgruppe Licht, das von einem größeren Gebäude auszugehen schien. Er setzte den Wagen einige Meter zurück, um die Zufahrt zu beleuchten, die er anfangs für einen Wirtschaftsweg gehalten hatte. Im Lichtkegel der Scheinwerfer tauchte ein unscheinbares Schild auf. Widmer fuhr ein Stück weit in die Auffahrt, bis er es lesen konnte: *Aesthetitos-Klinik*. Widmer erinnerte sich. Die Privatklinik war vor einigen Jahren von anonymen Finanziers gebaut worden und war hauptsächlich auf Schönheitsoperationen spezialisiert. Anfangs hatte es einige Ungereimtheiten mit den Zulassungen einiger ausländischer Ärzte gegeben. Einmal hatte die Betreibergesellschaft wegen nicht genehmigter Tierversuche Ärger bekommen. Vor einigen Monaten hatte sie einen Spezialisten für Sportmedizin eingestellt, und nachdem sich einige Fußballprofis erfolgreich bei *Aesthetitos* hatten behandeln lassen, besserte sich das Ansehen der Klinik in der Öffentlichkeit.

Leichenteile. Ein Abdecker mit einer Lücke von zwei Stunden in seinem Fahrtenbuch. Eine Klinik mit zweifelhaftem Ruf in der Nähe. Vielleicht waren sie den ganzen Tag über auf der falschen Spur gewesen. Hatten ihre Zeit bei harmlosen Wurstköchen verschwendet, anstelle eine etwas wahrscheinlichere Quelle für menschliche Leichen unter die Lupe zu nehmen. Vielleicht war es einfach zu heiß. Und zu feucht. Widmer hatte sich den ganzen Tag gefühlt, als ob sein Hirn gedünstet worden wäre. Es köchelte gemächlich vor sich hin, und nur selten schaffte es ein guter Einfall bis an die blubbernde Oberfläche. Er ärgerte sich, dass es offensichtlich eines Zufalls bedurft hatte, um ihn auf diese naheliegende Spur zu bringen. Er schaltete die Scheinwerfer auf Standlicht und näherte sich langsam dem Haus. Es war ein großes, in die Breite gezogenes Gebäude, das mit seinen zahlreichen kunstvoll verzierten Fenstern und Balkonen eher einem Hotel als einem Krankenhaus glich. Hinter einigen der blickdichten Vorhänge brannte noch Licht, und aus dem Erdgeschoss drang leise Klaviermusik. Widmer versuchte, sich einen Überblick zu verschaffen. Das Haus war umgeben von einem großen Garten. In einiger Entfernung befanden sich kleinere

Nebengebäude, von denen eines besonders seine Aufmerksamkeit auf sich zog. Es war ein kompakter, fensterloser Backsteinbau, aus dem ein Schornstein ragte. Aus der geöffneten Tür schien Licht nach draußen und erleuchtete einen davor geparkten Kleinbus. Widmer stieg aus und ging die letzten hundert Meter zu Fuß. Die Sonne war bereits untergegangen, doch nachdem der Regen nachgelassen hatte, wurde die Luft zunehmend schwüler. Widmer musste sich mehrmals den Schweiß aus dem Gesicht und dem Nacken wischen. Von drinnen hörte er die Stimmen zweier Männer, die sich fluchend unterhielten. Er näherte sich der Türöffnung und wagte aus dem Schutz der Dunkelheit heraus einen Blick nach drinnen. Die Wände waren gesäumt mit Schaltschränken, und auf dem Boden lagen unzählige Werkzeuge verstreut. Zwei Männer in blauen Overalls hantierten an einer geöffneten Schalttafel und hielten Messgeräte an die heraushängenden Kabel. Widmer fummelte seine Polizeimarke aus der Innentasche und ging hinein.

»Guten Abend, meine Herren, Polizei! Würden Sie mir bitte sagen, was Sie hier um diese Uhrzeit machen?«

Der jüngere der beiden Männer erstarrte und wich einige Schritte zurück, während der ältere nur kurz den Kopf hob. Er musterte Widmer, strich sich die schweißnassen Haare aus dem Gesicht und arbeitete weiter, während er antwortete.

»Wir sind die Reparaturmannschaft der Firma, die dieses wunderbare Scheiß-Klein-Block-Kraftwerk gebaut hat. Was wir hier machen? Wir reparieren dieses Scheißding! Zumindest versuchen wir das schon die ganze Woche. Nicht genug, dass uns dieser dämliche Weißkittel dauernd auf den Sack geht. Uns mit Schadenersatzklagen und was weiß ich nicht noch alles droht. Jetzt hetzt uns auch noch jemand die Polizei auf den Hals? Was haben wir verbrochen? Haben wir zu laut geflucht? Hat sich einer der feinen Patienten dieses Quacksalbers wegen Ruhestörung beschwert?«

»Niemand hat sich beschwert. Das ist reine Routine.«

Widmer wusste, wie albern und unglaubhaft das klang. Er steckte seine Dienstmarke wieder beiseite und stattdessen seine Hände in die Hosentaschen.

»Das Krankenhaus hat also eine eigene Energieversorgung?«

»Ja, zumindest bis vor kurzem.«

»Bei *Aesthetitos* legen wir großen Wert auf Unabhängigkeit, auch was die Energieversorgung angeht.«

Widmer fuhr herum und griff instinktiv an die Stelle unter seiner Achsel, wo sich normalerweise seine Pistole befand. In diesem Moment lag sie allerdings in seinem Wagen, weil die Riemen des Holsters durch sein durchgeschwitztes Hemd hindurch gerieben hatten. Der Türrahmen wurde von etwas ausgefüllt, das aussah, als ob man einen Gorilla in einen Maßanzug eingenäht hatte.

»Das Kraftwerk wurde vor einem halben Jahr installiert, und bis vor einigen Tagen waren wir ausgesprochen zufrieden mit seiner Funktion. Es wird mit Gas betrieben und liefert neben Strom auch heißes Wasser. Im Winter wird der gesamte Gebäudekomplex damit beheizt. Dürfte ich nun bitte von Ihnen erfahren, wer Sie sind und welchem Umstand wir Ihren Besuch verdanken?«

Der Mann lächelte Widmer an, aber seine Augen waren hart und kalt.

Mangels einer Schusswaffe angelte Widmer wieder seine Dienstmarke hervor und hielt sie dem Gorilla entgegen. Dieser nahm sie ohne Hast an sich, ging einige Schritte in den Raum hinein und prüfte sie unter dem Licht der Deckenlampe.

»Vielen Dank, Kommissar Widmer. Was können wir für Sie tun?«

»Ich untersuche einen Mordfall in dieser Gegend, bei dem die Opfer – nun wie soll ich sagen – mit chirurgischer Präzision verstümmelt wurden!«

»Vielleicht sollten wir das lieber draußen besprechen.«

Der Gorilla deutete abfällig auf die Handwerker, die sich scheinbar ungerührt wieder an die Arbeit gemacht hatten. Widmer folgte dem Mann nach draußen, der schweigend in Richtung des Hauptgebäudes ging.

»Vielleicht können Sie mir jetzt einige Fragen beantworten?«

Der Mann ging weiter, und erst als sie an der Eingangstür angekommen waren, wandte er sich um.

»Ich bin zuständig für die Sicherheit der Klinik. Ich weiß leider nichts über die von Ihnen erwähnte Angelegenheit, auch wenn ich kaum glaube, dass unser Haus etwas damit zu tun hat. Ich werde Sie zu Doktor Götz bringen, dem Leiter von *Aesthetitos*. Er wird alle Ihre Fragen beantworten können, auch wenn er ein vielbeschäftigter Mann ist.«

Widmer musterte den Gorilla, so gut dies im Licht der spärlichen Außenbeleuchtung möglich war. Seine Gesichtszüge blieben vollkommen unverändert. Es war nicht zu erkennen, ob er hinter seiner zur Schau gestellten Arroganz nur mäßigen Ärger über die abendliche Störung empfand, oder ob er in echter Sorge war. Er schien überhaupt nicht zu schwitzen, während Widmers Hemd inzwischen vollkommen durchweicht war. Der Sicherheitsmann öffnete die Tür, die aus eisenbeschlagenem Eichenholz bestand, mit einer lässigen Bewegung und stieß sie weit auf.

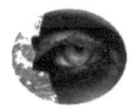

G ötz war zufrieden. Alle Tests waren positiv verlaufen. Natürlich sagte das nicht allzu viel über die endgültige Überlebenschance seines Patienten aus. Götz war klug genug, diese Information für sich zu behalten und stattdessen ein wenig gute Laune zu versprühen.

»Ich gratuliere Ihnen! Sie sind ein wahrer Musterpatient! Noch ein paar Wochen Bettruhe, dann können wir Sie wieder in die Welt entlassen! Sie werden sich wie neugeboren fühlen. Ach was: Sie werden neugeboren sein!«

Das faltige Gesicht zwang sich zu einem Lächeln, aber es sah weniger überzeugend als das des Arztes aus. Die letzten Tage waren anstrengend und voller Schmerzen gewesen. Götz hatte auf unzähligen Tests bestanden. Er hatte seinem Patienten übelriechende Flüssigkeiten auf die Zunge und in die Augen gerieben und ihn mit einer Nadel in so ziemlich jede Stelle seines Körpers gestochen. Er hatte Klammern angebracht, durch die er Stromstöße jagte, um am anderen Ende des Körpers Messungen vorzunehmen, deren Ergebnisse er schweigend notierte. Dem Patienten war von Beginn an bewusst gewesen, dass das Vorhaben an Wahnsinn grenzte. Aber er hatte keine andere Wahl gehabt. Es war seine letzte Chance gewesen, dem Tod noch einmal von der Schippe zu springen. Und dazu hatte er sich in die Hände dieses Wahnsinnigen begeben müssen. Als er diese Klinik betreten hatte, war die normale Welt an der Tür gebeten worden, draußen zu bleiben. Hier galten nicht mehr dieselben Werte, wie er sie gekannt hatte. Was Doktor Götz sagte, war Gesetz. Die Patienten wurden zu Befehlsempfängern, Tablettenschluckern und Geldgebern degradiert. Bei der Aufnahme hatte jeder von ihnen eine Nummer erhalten, mit der er sich fortan vom Pflegepersonal und von den anderen Patienten anreden lassen musste. Namen waren unwichtig, sie konnten sogar gefährlich werden. Sie waren keine Persönlichkeiten mehr, bis Götz ihnen eine neue gab. Der alte Mann hatte seinen Namen inzwischen tatsächlich vergessen, neben vielen anderen Dingen.

Seit er aus der Narkose erwacht war, schien rein gar nichts mehr zu sein, wie es einmal gewesen war. Nichts stimmte mehr, alles fühlte sich verkehrt an. Die Signale, die sein Körper an sein Gehirn übermittelte, schienen in einer fremden Sprache verfasst zu sein. Die einzigen Signale, die er sehr gut verstand, waren jene, die in der internationalen Sprache der Schmerzen übertragen wurden. Und er empfing sie reichlich. Manchmal rollten sie wie Wellen über ihn hinweg. Dann wieder schienen sie eine Sternfahrt zu veranstalten, indem sie von allen seinen Gliedmaßen gleichzeitig ausgingen und sich schließlich an einer Stelle unter seinem Brustbein trafen, um dort zu explodieren. Wenn dies hier vorüber war, würde er mehr Begriffe für Schmerzen kennen, als die Inuit Wörter für Schnee besaßen. Er kannte seinen Namen nicht, dafür aber drei Dutzend Ausdrücke für Schmerzen. Er musste lächeln. Götz lächelte zurück.

»Machen Sie sich nicht zu viele Gedanken. Sie sind nicht mein erster Patient. Ich kann in etwa verstehen, wie Sie sich fühlen. Es ist sehr ungewohnt. Ich versichere Ihnen abermals, dass Sie sich bald daran gewöhnen werden. Sie werden mir noch auf Knien danken. Auf sehr belastbaren und attraktiven Knien, wenn ich das anmerken darf.«

Ich werde dir danken müssen, Mengele. Mit meiner Brieftasche, du Ratte.

»Wie viele sind gestorben?«

Die Stimme des Mannes war brüchig und rau.

»Wie bitte? Ich habe Sie nicht verstanden. Sie sollten nicht zu viel reden, das strengt Sie noch zu sehr an.«

Du hast mich sehr wohl verstanden, du Metzger.

»Wie viele Patienten haben die Operation nicht langfristig überlebt? Wie viele sind nach einigen Tagen oder Wochen gestorben?«

Er hatte seine Augen weit geöffnet und sah Götz direkt ins Gesicht. Er würde ihn nicht ohne eine Antwort gehen lassen.

»Ich führe keine Statistiken. Für mich ist jeder Patient ein Individuum, das entsprechend seiner Bedürfnisse eine speziell auf ihn zugeschnittene Behandlung und die allerbeste Versorgung erhält. Und in Ihrem Fall bedeutet dies zunächst einmal Ruhe!«

Während er lächelnd sprach, hatte er eine Spritze aufgezogen, deren Inhalt er seinem wehrlosen Patienten in eine Armvene injizierte. Dieser wollte protestieren, doch dann umfingen ihn rosa Wattewolken, durch die es kein Durchkommen gab. Doktor Götz verwandelte sich in einen Engel, der lautlos aus dem Zimmer schwebte.

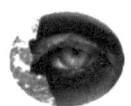

E r fühlte sich schäbig. Als Polizist lernte man dieses Gefühl schnell kennen. Im Idealfall lernte man ebenso schnell, es wieder abzulegen. Man begann seine Karriere als schlecht bezahlter Beamter, der in eine Uniform gesteckt wird und in den Vierteln der Reichen und Schönen Einbrüche aufklären und Ruhestörungen unterbinden soll. Man wurde in Häuser geschickt, in denen man bis zu den Knöcheln in teuren, geschmacklosen Teppichen versank, während einem der Straßenstaub aus allen Poren drang. Hysterische Zahnarztgattinnen beklagten den Verlust ihres Zweit-Jaguars, und man selbst fragte sich, wie man im nächsten Monat die Rate für seinen Kleinwagen bezahlen sollte. Man legte sich sehr bald eine dicke Haut zu, die vieles von einem abprallen ließ. Hin und wieder bekam diese Haut aber Risse.

Die schwere Tür fiel beinahe lautlos hinter Widmer ins Schloss. Mit einem Mal war das Gefühl wieder da. Da stand er, verschwitzt und nach Wurstküche riechend, in einer Umgebung, die kaum hätte nobler sein können. Er hatte das Foyer eines Krankenhauses erwartet. Stattdessen schien er sich in der Lobby eines Fünf-Sterne-Hotels zu befinden. Alles war mit schweren Teppichen ausgelegt, unter denen hier und da ein weißer Marmorboden hervor lugte. Auch an den Wänden hingen Teppiche, sofern sie nicht mit Ölgemälden behangen waren. Der wuchtige Empfangstresen bestand aus dunklem Holz. In drei Ecken des Raumes befanden sich lederne Sitzgruppen mit großen Tischen. In der vierten Ecke stand ein Flügel, an dem ein weißhaariger Mann, der eine Halskrause trug, mit einer Hand auf der Tastatur klimperte, während er mit der anderen scheinbar gedankenverloren in einer Partitur blätterte. Der Gorilla beschied Widmer zu warten und zog sich in eine der Ecken zurück, um zu telefonieren. Das Ambiente dieses Krankenhauses war seltsam. Der typische Geruch nach Desinfektionsmitteln fehlte. Dafür roch es nach Geld. Nach viel Geld.

Ein weiterer alter Mann wurde in einem Rollstuhl durch die Lobby geschoben. Er hatte seinen Bademantel bis unter das Kinn zugeknöpft. An seinen Händen trug er Handschuhe, und seine Füße waren von unförmigen Socken bedeckt. Die Krankenschwester, die ihn schob, war zwar außerordentlich hübsch, dennoch stutzte Widmer einen Augenblick. Es dauerte einige Sekunden, bis er erkannte, was ihn irritiert hatte: Ihr Gesicht war makellos und schien einer Zwanzigjährigen zu gehören. Aber die Haut unter ihrem Kinn war nicht frei von Falten, und auch an ihren Händen konnte man die Spuren von wenigstens zwanzig weiteren Lebensjahren ablesen. Es war eine Klinik für Schönheitsoperationen, das war unverkennbar. Immer wieder kamen ältere Männer und auch einige wenige ältere Frauen in die Lobby. Einige wurden in Rollstühlen durch die Halle befördert, andere gingen an Krücken. Hin und wieder fanden sich Gruppen, die schwatzend zusammenstanden. Widmer rief sich ins Gedächtnis, dass diese Klinik neben Schönheitsoperationen auch auf Sportmedizin spezialisiert war. Er konnte sich keine Sportart ausdenken, bei der einer dieser Greise sich verletzt haben könnte. Für eine erfolgreiche Schönheitsoperation waren sie durch die Bank zu hässlich. Mit Ausnahme der Krankenschwestern. Den Patienten hatten sich das Alter und das Geld, das sie im Lauf ihres langen Lebens gescheffelt hatten, ins Gesicht gegraben. Vielleicht ließen sie sich lediglich alle paar Wochen einige Vitaminspritzen als Jungbrunnen verkaufen.

Als sich Widmer einem der Grüppchen näherte, um ein wenig zu plaudern und mehr über die Klinik zu erfahren, tauchten von scheinbar überall her Pfleger und Krankenschwestern auf. Sie redeten leise auf die Patienten ein und führten sie aus der Lobby. Ein junger Mann mit kurzen, gegelten Haaren kam zu Widmer und stellte sich als Doktor Götz' Assistent vor. Er kontrollierte ein weiteres Mal Widmers Ausweis und stellte ihm zahlreiche, belanglose Fragen. Es war offensichtlich, dass er versuchte, Zeit zu gewinnen. Widmer hatte nicht viel mehr als einen spontanen Einfall und eine vage Theorie, welche ihn hierher geführt hatten. Noch fehlte ihm eine konkrete Strategie, wie er vorgehen sollte. Vor allem fehlte ihm ein Durchsuchungsbefehl, sollte er tatsächlich auf Ungereimtheiten stoßen. Folglich blieb ihm nichts anderes übrig, als die Fragen nach seiner Blutgruppe, eventuell ansteckenden Krankheiten, kürzlichen Auslandsaufenthalten und Ähnlichem geduldig zu beantworten.

»Viele unserer Patienten haben schwere Operationen hinter sich, und ihr Immunsystem ist geschwächt. Wir wollen doch nicht, dass Sie jemanden mit einer Grippe umbringen, nicht wahr?«

»Was ich will, ist Ihren Chef sprechen. Wenn möglich, heute noch.«

Die Worte klangen barscher, als Widmer es beabsichtigt hatte, aber sie verfehlten ihre Wirkung nicht. Der junge Assistent schien derartige Anweisungen gewohnt zu sein und trat einen Schritt zurück, während er leise Entschuldigungen murmelte.

»Verzeihen Sie bitte, dass ich Sie habe warten lassen! Ich bin untröstlich!«

Ein Mann glitt mit federndem Schritt die lange Treppe hinunter, nahm hin und wieder zwei Stufen mit einem Schritt, und es wirkte, als ob er sich zurückhalten musste, um nicht das Geländer hinunter zu rutschen. Sein schulterlanges Haar war tiefschwarz, und an der Menge Gel, die es beinhaltete, konnte man sehen, an wem sich sein Assistent ein Vorbild genommen hatte. Sein dünner Mund wurde von einem Bart eingerahmt, der einige wenige graue Haare aufwies. Widmer schätzte Doktor Götz auf Anfang fünfzig, aber der Arzt versuchte, dieser Tatsache mit seiner gesamten Körpersprache zu widersprechen. Er nahm die letzten Meter zu Widmer beinahe im Laufschritt, reichte ihm seine Hand und lächelte.

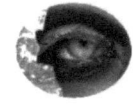

Der namenlose Patient erwachte erneut. Etwas stimmte nicht. Nichts stimmte. Er öffnete seine Augen, doch der Nebel lichtete sich nicht. Er konnte klar sehen, aber nach ungefähr einem Meter schien sich eine Wand aus Watte quer durch das Zimmer zu ziehen. Sie durchtrennte selbst sein Bett, so dass ihm der Blick auf seine Beine verwehrt blieb. Der Mann bedauerte dies beinahe so sehr, wie den Verlust seines Namens. Er beschloss, sich selbst Karl zu nennen. Er hatte diesen Namen früher einmal gehört, und er verband angenehme Erinnerungen damit. Karl ärgerte sich, dass er seine Beine nicht sehen konnte, denn sie fühlten sich seltsam an. Sie schienen weich geworden zu sein, als ob sich die Knochen in Gummi verwandelt hatten. Er wollte die Decke anheben, um vielleicht einen Blick auf sie werfen zu können. Als er seinen rechten Arm heben wollte, schlug stattdessen sein Linker mit aller Kraft gegen die Wand. Er versuchte es ein weiteres Mal mit demselben Resultat. Verblüfft betrachtete er die Schürfwunden auf seinem Handrücken. Er fühlte den Schmerz erst mit einigen Sekunden Verzögerung. Er kam nicht von seiner blutenden Hand. Der Schmerz manifestierte sich ungefähr dreißig Zentimeter über seinem Körper. Es fühlte sich an wie eine verletzte Hand, aber dort war nichts. Karl wollte darüber lachen, aber es kam nur ein Würgen aus seiner Kehle. Er wurde unruhig. Der Arzt hatte ihn gewarnt, dass es Komplikationen geben konnte:

»Sie treten selten auf und sind nicht von bleibender Natur!«

Von welcher Natur bist du, Doktor, dass du solche Operationen durchführst?

Karl wusste nicht mehr, ob er dies nur gedacht, oder tatsächlich ausgesprochen hatte. Der Arzt hatte von »vorübergehenden Veränderungen in der Sinneswahrnehmung« gesprochen. Hatte er damit nur Karls verschwommenen Blick gemeint, oder hatte er auch damit gerechnet, dass sich dessen Beine inzwischen wie Tentakel anfühlten? Karl fixierte seinen Blick auf den roten Knopf, der neben seinem Kopf an einer beweglichen Konsole angebracht war. Er musste ihn erreichen, ansonsten würde er sterben. Vielleicht wäre dies das kleinere Übel. Dennoch konzentrierte er seine gesamte Anstrengung auf den Knopf.

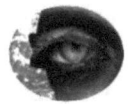

A ls Götz den Zustand und den Geruch von Widmers Kleidung bemerkte, zuckte er kurz zusammen, aber er versuchte, sich seinen Ekel nicht anmerken zu lassen. Nachdem er Widmer begrüßt hatte, zählte er im Stillen auf zehn, bevor er sich seine rechte Hand langsam an seinem Hosenbein abwischte. Widmer bemerkte es.

»Lassen Sie mich gleich zur Sache kommen. Wir haben gestern in der Nähe einige seltsam verstümmelte Leichen gefunden. Sie scheinen vor kurzem durch die Hände eines Chirurgen gegangen zu sein. Bei dem Ruf Ihrer Klinik wundern Sie sich vermutlich nicht, dass wir Sie aufsuchen.«

Das Lächeln in Götz' Gesicht erstarb. Für die Dauer eines Wimpernschlages überlegte er, ob er es wieder zum Leben erwecken sollte, entschied sich aber dagegen.

»Ich habe davon im Radio gehört. Und ich versichere Ihnen, dass wir mit dieser bizarren Angelegenheit nichts zu schaffen haben. Das oberste Ziel einer Klinik ist es, Leichen zu vermeiden. Sollte wider Erwarten einer unserer betagteren Patienten versterben, unterstützen wir die Hinterbliebenen nach Kräften, um eine geschmackvolle Trauerfeier zu arrangieren. Es ist nicht unsere Angewohnheit, sterbliche Reste von Metzgern abtransportieren zu lassen.«

Die gesamte Körpersprache des Arztes strahlte Ruhe und Selbstsicherheit aus, aber seine Augen schienen Blitze zu versprühen.

»Abdecker. Es war ein Abdecker, und die Leichen waren unter Bergen von Schlachtabfällen begraben. Ohne den Unfall wären sie längst zu Asche verbrannt.«

Und die Verbrennungshitze wäre in Zement und Strom umgewandelt? Und heißes Wasser.

Widmer fixierte Götz, doch dieser hielt dem Blick einige Sekunden stand, bevor er das Schweigen brach.

»Ich nehme an, Sie werden mich als Nächstes fragen, ob Sie sich ein wenig umsehen dürfen. Sie dürfen! Bitte sehr!«

Er machte eine einladende Geste in Richtung der Treppe, die ins Obergeschoss führte.

»Danke.«

Widmer ignorierte den ausgestreckten Arm und ging auf eine Doppeltür zu, durch welche die meisten Patienten aus dem Foyer entfernt worden waren.

Entfernt? Evakuiert. Ich bin der Ernstfall, den sie befürchtet haben. Sie sind vorbereitet. Sie haben geprobt. Niemand hat die Nerven verloren. Bis jetzt. Oder täusche ich mich?

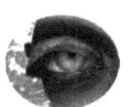

Götz hatte wieder sein Lächeln installiert. Er behielt es bei, während er Widmer folgte, der auf die Küche zusteuerte. Widmer ging schnell, und Götz hatte Mühe, mit dem zwanzig Jahre jüngeren Mann Schritt zu halten. Während er den breiten Rücken und die muskulösen Oberarme des Polizisten betrachtete, kam ihm eine Idee. Er versuchte, sie wieder zu verdrängen. Es war zu gefährlich. Aber es war eine Option, falls er bis zum Äußersten gehen musste. Warum sollte er nicht das Beste aus der Situation machen? Warum nicht einen Vorteil daraus ziehen? Ein Problem war immer auch eine Chance. Man musste es nur wagen. So hatten Männer wie er schon immer gedacht. Sein Lächeln wurde breiter, bis es sich hinter Widmers Rücken in ein Grinsen verwandelte.

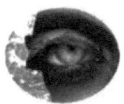

War das Licht dunkler geworden? Oder hatte sich der Nebel ausgebreitet? In Karls Bauchhöhle begann unvermittelt ein Orchester eine dunkle Sinfonie zu spielen. Versonnen lauschte er den Pauken, die seinen Körper durchschüttelten. Er hatte noch etwas zu erledigen, bevor er sich gänzlich der Musik hingab. Etwas Rotes. Der Beutel, der an der Seite des Bettes hing und sich allmählich mit Flüssigkeit füllte? Oder der Knopf daneben? Karl dachte nach.

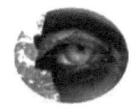

Widmer hatte die Küche, ein Labor und einige um diese Uhrzeit leer stehende Operationssäle durchsucht. Er hatte nichts gefunden. Im Grunde hatte er das auch nicht erwartet. Die Gänge des Krankenhauses waren stark verschachtelt. Immer wieder zweigten neue Türen ab, die zu Aufzügen, Treppenhäusern oder weiteren Gängen führten. Wenn man hier etwas verstecken wollte, gab es dafür ausreichend Möglichkeiten. Man müsste die gesamte Klinik auf den Kopf stellen, schütteln und abwarten, was unten herausfällt. Ohne Durchsuchungsbefehl würde er nicht weit kommen. Um einen solchen zu bekommen, musste Widmer etwas vorweisen. Einen konkreten Verdacht. Etwas mehr als die geographische Nähe zur Route eines Abdeckers und den zweifelhaften Ruf der Klinik. Die Leichen waren noch nicht identifiziert. Niemand konnte mit Bestimmtheit sagen, ob die Morde überhaupt in dieser Gegend geschehen waren. Dennoch war Widmer sich sicher, dass er an der richtigen Stelle suchte. Vielleicht war es nicht Mord, sondern nur ein fehlgeschlagener Versuch, den einen oder anderen Kunstfehler zu vertuschen.

Köpfe. Vom Rumpf getrennt. Kunstfehler? Mach dich nicht lächerlich, Bulle!

Götz folgte ihm wie ein Hund. Wie ein wachsamer Hund. Widmer wusste, dass er freundlich hinauskomplimentiert werden würde, sobald er einem wirklich interessanten Bereich zu nahe kommen würde. Er beobachtete Götz aus den Augenwinkeln, um festzustellen, ob er ihn von bestimmten Abschnitten fernhalten wollte. Götz lächelte unverändert. Er war so glatt wie ein Aal, der sich im Eimer eines Anglers wand.

K arl hatte den Knopf beinahe erreicht. Etwas, das wie seine rechte Hand aussah, lag auf der Konsole. Seine Finger bewegten sich nicht, und die Hand sandte verwirrende Signale an Karls Gehirn. *Heiß – Kupfer – nass.* Er versuchte, sich zu erinnern, wie es war, bevor er hierhergekommen war und sich in die Hände dieses dunklen Engels begeben hatte. Seine Erinnerungen waren frei von Namen und Gesichtern. Aber wenn er sich bemühte, konnte er die Schatten von Empfindungen, die er einmal gehabt hatte, wieder erwecken. Es war viel Schmerz in seinem Leben gewesen. Aber es war ein guter, verdienter Schmerz gewesen. Er hatte ihn sich sein ganzes Leben über erarbeitet. Er wäre bald vergangen gewesen, wie der Nebel an einem Sommermorgen. Er hatte auch anderen Schmerz bereitet. Vielen. Aber es hatte sich gelohnt. Finanziell. Deswegen war er noch hier. Weil der Doktor sein Geld wollte. Er sollte es bekommen, aber dafür musste er sich mehr bemühen. Karls Hirn befahl den Fingern, den Knopf zu drücken. Sie antworteten: *weich – süß – grün*. Es hätte alles längst vorüber sein können, wenn Karl der Natur ihren Lauf gelassen hätte. Aber er hatte es nicht. Er hatte es nicht gewollt. Noch nicht. Etwas hatte ihm gesagt, dass es besser war, noch einige Zeit hier zu verweilen. Es schien ihm wichtig gewesen zu sein. Damals. Bevor er hierhergekommen war. Karl konzentrierte sich auf eine Hand, die einen Knopf drückte. *Rot – hart*. Der Knopf senkte sich. Irgendwo im Gebäude leuchtete ein Licht auf, und ein leiser Warnton erklang. Ein Monitor flammte auf, aber der Stuhl davor war leer. Der Pfleger, der Wachdienst hatte, war gerade damit beschäftigt, einige Zimmer abzuschließen und Patienten Beruhigungsmittel zu verabreichen, damit sie sich nicht unabsichtlich bemerkbar machten.

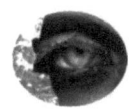

E r musste Götz irgendwie abschütteln. Vielleicht konnte er ihn nach irgendwelchen Unterlagen fragen und sich aus dem Staub machen, während der Arzt in sein Büro ging. Oder er konnte mit in das Büro gehen und dort ein wenig schnüffeln.

In Doktor Götz' Jackentasche ertönte das Summen eines Vibrationsalarms. Er tat so, als interessiere es ihn nicht, aber Widmer sah, wie sich auf der Stirn des Arztes einzelne Schweißtropfen bildeten. Götz zog sein Handy aus der Tasche und fummelte hektisch daran herum, bis das Summen erstarb.

»Verzeihen Sie. Ich war wirklich sehr beschäftigt, als Sie kamen. Einige Leute erwarten noch einen Rückruf von mir.«

Vermutlich hatte er gehofft, dass Widmer dies als Anlass nehmen würde, um sich zu verabschieden. Noch war er nicht lange genug hier, um zum Gehen aufgefordert zu werden, ohne dass es verdächtig wirkte. Polizisten ohne Durchsuchungsbefehl waren wie Vampire. Wenn man es nicht wollte, konnten sie den Eintritt nicht erzwingen. Aber wenn man sie einmal hereingebeten hatte, wurde man sie so schnell nicht wieder los. Götz schien es eindeutig zu bereuen, Widmer eingelassen zu haben. Das Handy begann, erneut zu summen. Widmer verlangsamte seinen Schritt und ließ seinen Blick über die Zimmerbeschilderung schweifen wie ein Tourist, der sich in einem Museum langweilt und auf den Rest der Reisegruppe wartet. Götz wurde sichtlich nervös. Er blieb stehen und presste sein Telefon ans Ohr. Er sprach gedämpft und schnell. Er beendete das Gespräch und sah sich um. Über sich sah er eine Leuchtstoffröhre, die ein wenig flackerte.

»Wir haben einen Notfall! Die Energieversorgung ist dabei, endgültig zusammenzubrechen und die Notstromaggregate scheinen Ärger zu machen! Ich fürchte, ich werde mich darum kümmern müssen! Wenn ich Sie bitten dürfte, nun zu gehen? Ich werde Sie morgen früh gerne erneut empfangen, um Ihnen eine ausführliche Führung anzubieten, aber im Moment bin ich unabkömmlich!«

Das Kraftwerk. Defekt. Seit einigen Tagen. Notstromaggregate.

Vielleicht schafften sie es nicht, die benötigte Menge an Strom über Tage bereitzustellen. Welche Apparate konnte man in einem Krankenhaus gefahrlos abschalten und welche nicht? Die Temperatur war im gesamten Gebäude angenehm. Wenn man die Wahl hatte, wen kühlte man dann? Die Lebenden oder die Toten? Und wenn man die Toten nicht kühlen konnte, was tat man dann mit ihnen?

Sie waren unter einigen flackernden Lampen durchgegangen. Widmer glaubte, dass es durchaus an der Umstellung auf eine andere Stromversorgung liegen konnte. Aber er glaubte nicht, dass die Elektriker und Haustechniker unbedingt einen Arzt brauchten, um das Problem zu beheben.

Etwas anderes war geschehen. Etwas, das keinen Aufschub duldete. Er hingegen hatte Zeit.

»Das verstehe ich. Gehen Sie ruhig. Ich werde mich noch einmal ein wenig in der Küche umsehen und dann gehen. Ich denke, ich finde alleine hinaus. Ich werde Ihnen noch eine Visitenkarte von mir da lassen, dann können Sie mich anrufen, falls Ihnen doch noch etwas zu der Sache einfällt. Warten Sie, wo habe ich die Dinger bloß ...?«

Er kramte zuerst in seiner linken, dann in seiner rechten Hosentasche, dann begann er erneut in der linken. Doktor Götz zitterte am ganzen Körper. Ob vor Wut oder aus Angst, war schwer zu erkennen. Sein Lächeln hatte sich zu einer Grimasse verzerrt, und seine Stirn glänzte.

»Ich schicke Ihnen jemanden, der Sie nach draußen

begleitet. Bleiben Sie hier! Sollten Sie sich von der Stelle, auf der Sie stehen, wegbewegen, zeige ich Sie wegen Hausfriedensbruch an!«

Er riss sein Telefon ans Ohr und lief davon. Jetzt hatte er die Nerven verloren. Widmer lächelte. Dann folgte er Götz in gebührendem Abstand.

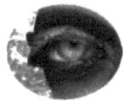

K arls Hand klammerte sich um die Konsole. Seine Finger lösten sich auf und wurden zu Schnüren, die sich im ganzen Zimmer verteilten. Die Schnüre waren Nervenbahnen, die alleine dafür geschaffen waren, Schmerz zu leiten. Sie saugten den Schmerz von Hunderten von Patienten aus den Wänden und transportierten ihn in Karls Hirn, wo er sich in einem Gewitter entlud. Durch ein grelles Feuerwerk hindurch blickte Karl auf seine Hand. Sie war noch da. Er sah an seinem Körper hinab. Er sah aus wie immer. Aber er fühlte sich nicht so an. Überhaupt nicht. Es sah nicht so aus, als ob der Doktor sein Geld noch bekommen würde. Die Tür flog auf, und Götz stürzte herein. Karl wollte lachen, aber er konnte nicht.

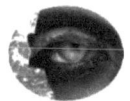

W idmer presste sich dicht an eine Wand und schielte mit einem Auge um die Ecke. Er sah Götz im nächsten Flur verschwinden. In der Klinik war irgendetwas in Gang gesetzt worden. Widmer konnte nichts hören, aber er fühlte die Anspannung und die Betriebsamkeit, die sich im gesamten Gebäude entwickelte. Götz hatte den Aufzug genommen und war in den dritten Stock gefahren. Widmer war ihm durch das Treppenhaus gefolgt. Er gönnte sich zwei Sekunden, um durchzuatmen und dem Arzt einen kleinen Vorsprung zu geben. Dann lief er weiter. Instinktiv griff er an die Stelle, wo sich laut Vorschrift seine Dienstwaffe befinden sollte. Er fluchte. Das Licht flackerte stärker und erlosch schließlich vollständig. Nach wenigen Sekunden flammte die Notbeleuchtung auf und tauchte den Flur in schummriges, rotes Licht. Die Überwachungskameras benötigten einige Sekunden, dann hatten sie ihr Ziel wieder erfasst. Widmer bemerkte sie nicht.

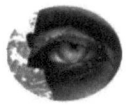

B einahe alle Stühle im Überwachungsraum waren inzwischen besetzt, und alle Monitore waren in Betrieb. Man hätte den Raum für die Zentrale einer Fernsehstation halten können, die nur Krankenhausserien ausstrahlte. Auf einem Kanal wanden sich Patienten in unruhigem Schlaf, während auf einem anderen ein Arzt um das Leben eines alten Mannes kämpfte. Er hatte andere Ärzte und Pfleger um sich versammelt, die er unentwegt anbrüllte. Einige liefen nach draußen, andere kamen hinzu und brachten Operationsbestecke, Tücher und Apparate. Ein junger Mann trat etwas näher an das Bett heran. Sein Gesicht wurde bleich, dann drehte er sich um und übergab sich. Auf dem nächsten Monitor hetzte ein Mann durch rot beleuchtete Gänge. Hin und wieder drehte er sich um, als ob er befürchtete, verfolgt zu werden, aber seine gesamte Körperhaltung war die eines Jägers. Er hatte Witterung aufgenommen.

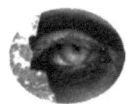

Der Assistenzarzt erhob sich und versuchte, eine Entschuldigung zu stammeln, als ihn ein Schlag in die Magengrube wieder zu Boden schickte. Er wollte sich abstützen, aber seine Hand glitt in seinem eigenen Erbrochenen aus. Götz rieb sich die Faust.

»Raus mit diesem Versager! Wischt die Kotze auf! Macht die Dialyse fertig! Uns bleiben nur noch wenige Minuten! Wenn wir ihn verlieren, werde ich euch höchstpersönlich die Gedärme herausreißen, ihr Jammerlappen! Fixiert den Kopf! Wo sind die Blutkonserven?«

Seine Stimme überschlug sich, aber er bekam sich allmählich wieder in den Griff. Der Sicherheitsdienst würde sich um den Schnüffler kümmern, und er konnte sich auf seine Arbeit konzentrieren. Er atmete einige Male tief durch und richtete seinen Blick auf das Krankenbett. Der Mann, der wie ein Schatten darin lag, rang mit dem Tod. Er hatte über achtzig Jahre mit dem Leben gekämpft. Dabei hatte es viele Verletzte gegeben. Er hatte es zu einem der einflussreichsten Industrie-Tycoons des Landes gebracht. Sein Reichtum war legendär. Man sagt, das Totenhemd habe keine Taschen. Wann immer jedoch der Zeitpunkt näher rückte, es überzustreifen, suchten Leute wie er jemanden wie Doktor Götz. Immer wieder, Generation für Generation, suchten sie jemanden, der ihnen helfen konnte. Jahrhunderte, vielleicht Jahrtausende lang war ihre Suche erfolglos geblieben. Doch nun war er da. Anfangs hielten sie ihn für einen der üblichen Quacksalber, die nur auf schnelles Geld aus waren. Götz hatte nichts gegen schnelles Geld – er liebte es! –, aber er bot seiner Kundschaft auch eine entsprechende Gegenleistung. Wie sehr sich seine Methoden von denen anderer Ärzte unterschieden, wurde den Patienten erst bewusst, sobald sie aus der Narkose erwachten. Sie bekamen zusätzliche Gewissheit, wenn er ihnen seine Rechnung präsentierte. Sie war immer höher als vereinbart. Und stets wurde sie beglichen. Ansonsten weigerte er sich, die Methode ein weiteres Mal anzuwenden.

Bei dem Mann, der vor ihm lag, würde er nicht nachverhandeln müssen. Der Preis war angemessen. Er war astronomisch. Aber er würde nur im Erfolgsfall bezahlt werden. Götz setzte ein grimmiges Lächeln auf, das er für Situationen wie diese geprobt hatte. Dann setzte er das Skalpell an und begann, den Kopf des Mannes vom Rumpf zu trennen. Erneut.

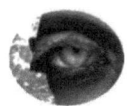

E r hatte ihn verloren. Er hatte sich von einem Aufzug täuschen lassen, der in das Untergeschoss gefahren war. Widmer war vier Stockwerke über die Treppe nach unten gerannt. Einmal war er gestürzt, aber er hatte sich wieder aufgerappelt und war weiter gelaufen. Er war wenige Augenblicke vor dem Lift angekommen. Während er sich seinen schmerzenden Knöchel rieb, beobachtete er, wie jemand anderes aus der Kabine stieg. Es war eine ältere Frau in einem weißen Kittel. Sie hatte ihre grauen Haare zu einem Dutt hochgebunden und telefonierte.

»Ja. Ja. Ja, gut. Was? Nein. Ich weiß nicht, welchen ich dir bringen soll. Was? Nein! Er passt nicht! Du wirst den Umfang nicht anpassen können! Du wirst ihn umbringen!«

Widmer glaubte, Götz am anderen Ende der Leitung schreien zu hören. Die Frau eilte den Gang entlang, und er folgte ihr. Wahrscheinlich führte sie ihn nicht zu Götz. Vielleicht führte sie ihn aber auf eine Spur zu dem, was hier eigentlich vor sich ging.

Etwas stimmte nicht mit dieser Klinik. Was auch immer es war, es geschah in diesem Augenblick. Widmer musste sich anstrengen, um mit der Frau Schritt zu halten. Sein Knöchel schmerzte. Die Ärztin öffnete eine Metalltür und verschwand in einem Raum, aus dem blaues Licht drang. Widmer schlich sich – dicht an die Wand gepresst – zur Tür. Jedes Mal, wenn er mit seinem linken Fuß auftrat, biss er sich auf seine Unterlippe, um nicht zu stöhnen. Aus dem Raum strömte eisige Luft in den Flur. Widmer hörte die Schritte der Ärztin, die sich schnell entfernten, sich dann wieder näherten und dann hektisch hin und her eilten. Sie suchte etwas. Offensichtlich blieb ihr nicht viel Zeit, um es zu finden. Wieder klingelte ihr Telefon. Widmer konnte nicht verstehen, was sie sagte. Kein Geräusch drang mehr nach draußen, und Widmer versuchte, so flach und so leise wie möglich zu atmen. Plötzlich näherten sich die Schritte wieder, und die Frau trat aus dem Zimmer. Sie stand weniger als einen halben Meter neben Widmer und starrte die gegenüberliegende Wand an, während sie weiter das Telefon an ihr Ohr gepresst hielt. Ihr schweres Parfum erfüllte den Raum, und er glaubte, dass sie seinen Atem spüren müsste. Er hielt die Luft an. Wenn sie den Kopf nach rechts wandte, würde sie ihn sehen. Was sollte er tun? Sollte er sie niederschlagen? Sie festnehmen? Mit welcher Begründung? Er hatte immer noch keinen Beweis in der Hand. Was, wenn es sich um einen simplen Notfall handelte und er eine Leben rettende Operation verhinderte? Wenn er jetzt einen Fehler machte, konnte dies

das Ende der gerade erst begonnenen Ermittlungen bedeuten. Und das Ende seiner Polizeikarriere. Er beschloss, sich dumm zu stellen und sich als Elektriker
auszugeben. Doch die Frau drehte sich nach links und
hastete den Flur entlang, ohne die Tür hinter sich zu
schließen. Widmer sprang in den Raum, schloss die Augen und lauschte. Die Schritte der Frau verklangen. Er
öffnete seine Augen wieder. Zuerst konnte er in dem
blauen Licht nicht erkennen, wo er sich befand. Als sich
seine Augen an das Licht gewöhnt hatten und er es sah,
wollte er es nicht glauben.

D ie Befehle hatten sich geändert. Erst hatten sie den
Bullen nur von den heiklen Bereichen fernhalten
sollen. Es war ihnen nicht gelungen, aber anstelle eines
Wutausbruches hatten sie vom Direktor eine neue Wei-
sung bekommen. Anscheinend war er nun vollkommen
durchgedreht. Erst ließ er den Schnüffler herein und nun
das! Der Chef des Sicherheitsdienstes erinnerte sich
daran, dass er nicht dafür bezahlt wurde, um Anweisungen zu hinterfragen, sondern um sie auszuführen. Er
bedeutete zwei Männern, ihm zum Aufzug zu folgen. Als
sie zu ihm aufgeschlossen hatten, drückte er den Knopf
ins Untergeschoss. Ihn schauderte.

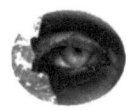

W idmer blinzelte, um sicherzugehen, dass er sich
diesen Anblick nicht einbildete. Der Raum war

schmal, aber über dreißig Meter lang. An beiden Längsseiten standen auf Operationstischen Kästen, jeder ungefähr zwei Meter lang und einen Meter breit. Oben waren sie offen.

Wie Särge ohne Deckel.

In jedem der Kästen lag ein Mensch.

Kein Mensch mehr. Eine Leiche. Nein.

Widmer trat sich auf den verletzten Fuß, um sich von seinem Mageninhalt abzulenken, der beharrlich aufsteigen wollte. Er beugte sich über einen der Kästen. Die nackte Leiche war auf ein weißes Laken gebettet. Die Arme lagen parallel am Körper, und die Beine waren leicht angewinkelt. Gerade so, als ob hier jemand ein gemütliches Nickerchen machte. Etwas störte jedoch das friedliche Bild. Dem Körper war der Kopf abgetrennt worden. Dennoch war er am Leben. Aus dem Hals ragten Schläuche und Kabel, die in einem klobigen Apparat endeten, der neben dem Kasten aufgebaut war. Eine andere Maschine pumpte dem Torso Blut durch einen transparenten Schlauch aus dem Arm und führte es über einen anderen wieder zu. Der Brustkorb des geschundenen Körpers hob und senkte sich, als ob er atmete. Widmer biss sich auf die Unterlippe und streckte seine Hand aus, um den Körper zu berühren. Die Luft in dem Kasten war einige Grad kühler als im übrigen Raum, dennoch konnte er deutlich spüren, dass der Körper eine Eigenwärme besaß. Widmer zog die Hand zurück und wischte sie instinktiv an seinem Hosenbein ab. Er erinnerte sich an dieselbe Geste bei Doktor Götz, aber das schien lange her und weit weg gewesen zu sein. Widmer taumelte einige Schritte zurück. Widerwillig sah er sich um. An der rechten Wand gab es eine Lücke zwischen den Kästen. Widmer näherte sich der Stelle und fand einen Durchgang in einen anderen Raum. Er war dem ersten sehr ähnlich, nur wesentlich größer. Er war voller Kästen mit Leichen.

Leichen. Menschen. Torsi. Was auch immer.

Insgesamt mussten es über hundert sein.

Frauen, Männer. Dunkelhäutig, blond. Groß, klein. Alles.

Aus einem der Kästen kam ein Geräusch. Widmer riss den Kopf herum. Einer der kopflosen Körper hob zitternd seinen Arm und öffnete seine Hand. Als ob er Widmers Anwesenheit bemerkt hatte und ihn zu sich winken wollte. Einer der Apparate begann, etwas lauter zu brummen. Die Hand ballte sich zu einer Faust und sank wieder auf das Laken zurück.

Widmer zwang sich zu erinnern, warum er hier war. Er musste sich zusammenreißen und nachdenken. Er bemerkte einige Gemeinsamkeiten an den Körpern. Es waren keine Kinder darunter. Keiner der Körper schien älter, als vierzig Jahre zu sein. Alle sahen ausgesprochen gesund aus. Und kräftig.

Voller Leben.

Widmer versuchte, diese Information in einem Teil seines Gehirns zu speichern, der gerade nicht Achterbahn fuhr.

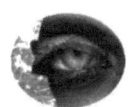

D er schwierigste Teil lag hinter ihm. Götz zog sich die blutigen Handschuhe von den Händen und ließ sie achtlos auf den Boden fallen. Die Trennung war erfolgreich gewesen. Er hatte nicht wirklich daran gezweifelt. Bis auf einige unglückliche Ausnahmen funktionierte es problemlos. Was jetzt folgte, war reines Handwerk. Und wie jeder Handwerker war Götz darauf angewiesen, dass man ihm gutes, passendes Material zur Verfügung stellte. Er fluchte leise vor sich hin. Die Komplikationen waren zu einem denkbar ungünstigen Zeitpunkt gekommen. Er hatte nichts exakt Passendes auf Lager. Und in den nächsten zwei Tagen war kein Nachschub zu erwarten. Zusätzlich trieb sich irgendwo in den Eingeweiden der Klinik dieser Schnüffler herum. Es stand viel auf dem Spiel. Götz beschloss, das Risiko einzugehen. Er presste seine Lippen zu einem schmalen Strich zusammen, um Entschlossenheit zu demonstrieren, falls ihn jemand beobachtete. Die meisten anderen Ärzte im Raum waren jedoch damit beschäftigt, den Körper in Bandagen zu wickeln und die Apparate zu überwachen.

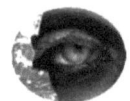

Widmer durchsuchte den Raum nach Unterlagen. Außer den Leichenkästen und den Versorgungsmaschinen gab es nichts, das ihm einen Hinweis auf die Identität der Körper geliefert hätte. Jeder Kasten trug eine siebenstellige Nummer. Das war alles. Vermutlich hatte man die Körper aus dem Ausland her geschafft. Es gab genügend Länder, in denen ein Menschenleben keine fünfzig Euro wert war. Vermutlich waren die Menschen lebend in die Klinik gebracht worden, bevor man ihnen ...

... bevor man ihnen die Köpfe abgehackt und sie an Maschinen angeschlossen hatte? Wozu?

Oder waren es Klone? War Götz ein moderner Frankenstein, der sich daran gemacht hatte, aus einem Zellhaufen neues Leben zu erschaffen? Züchtete er lebende Ersatzteillager für Menschen, die reich und gewissenlos genug waren, sie zu nutzen? Aber warum hätte man den Klonen die Köpfe abtrennen sollen? Brauchte niemand

Augen und Ohren als Ersatz? Widmer war so tief in seine Gedanken versunken, dass er seinen geschwollenen Knöchel kaum noch spürte. Er bemerkte auch nicht, dass er nicht mehr allein mit den kopflosen Körpern war.

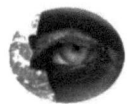

G ötz betrachtete den Operationssaal mit einer Mischung aus Vorfreude und Besorgnis. Er wagte viel, aber wenn es gelang, konnte er zwei Fliegen mit einer Klappe schlagen. In der Mitte des Raumes standen zwei Operationstische und zwei kleinere Tische, auf denen Metallgestelle befestigt waren. Eines enthielt den schlafenden Kopf eines alten Mannes. Das andere war leer.

W idmer spürte einen Luftzug an seinem Hinterkopf, Er wollte sich umdrehen, doch es gelang ihm nicht. Er beobachtete erstaunt, wie seine Beine einknickten und sein Körper scheinbar in Zeitlupe in sich zusammensackte.

Erst dann hörte er den dumpfen Schlag. Vom Boden aus sah er, wie sich eine Gestalt über ihn beugte. Sie sprach zu einer anderen, die er nicht sehen konnte.

»Gib ihm noch eine mit, aber pass auf, dass Du seinen Schädel nicht verletzt! Nicht zu sehr.«

»Das ist ja ganz was Neues!«

»Anweisung vom Direktor. Er hat wohl noch mehr mit ihm vor.«

Dann wurde es dunkel. In der Dunkelheit erklang

das Echo eines weiteren Schlages. Danach folgten Schmerzen, aber sie waren so weit entfernt, dass er sich nicht sicher war, ob es seine eigenen waren.

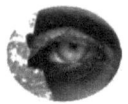

A ls es wieder hell wurde, hatte sich einiges verändert. Widmer hatte große Mühe, seine Augen zu öffnen. Als es ihm schließlich gelang, klappten seine Augenlider nach wenigen Sekunden wieder herunter. Er war dankbar dafür. Er fühlte sich vollkommen kraftlos. Ihm gegenüber hatte er Götz sitzen sehen, der über das ganze Gesicht strahlte und eine Zigarette rauchte. Er konnte den Qualm nicht riechen. Sein Mund und Rachen waren bis zur Nase mit dem Geschmack von Essig angefüllt. Seine Augen tränten, und er musste blinzeln. Es wurde wieder dunkel.

Als er seine Augen erneut öffnete, schienen Stunden vergangen zu sein. Doch noch immer blickte er direkt in das Gesicht des Klinikdirektors. Götz saß vor einer Wand, die mit Kunstdrucken behangen war. Ein wenig wirkte er selbst wie die billige Reproduktion eines Gemäldes. Er öffnete den Mund und schien zu sprechen, aber Widmer konnte nichts hören. Wieder Dunkelheit. Widmer versuchte, wach zu bleiben und sich über seine Situation bewusst zu werden. Man hatte ihn niedergeschlagen. Man hatte ihn in ein Krankenzimmer gebracht. Er war gefesselt oder betäubt. Er versuchte, einen Fuß zu bewegen, ohne die Augen zu öffnen, aber es gelang ihm nicht. Hinter ihm gab eine Maschine ein leises Geräusch von sich. Widerwillig öffnete er die Augen. Götz sah von einem Magazin auf und wirkte amüsiert.

»Was wollten Sie tun? Sich an der Nase kratzen?

Nein, warten Sie!«

Er stand auf, ging um Widmer herum und begann einige unverständliche Zahlen vor sich hinzumurmeln.

»Ah, der Fuß. Der linke, nicht wahr? Nun, aus Spaziergängen wird vorläufig nichts!«

Er trat vor Widmer und präsentierte ihm ein falsches Lächeln, das so breit war, dass Widmer seine beiden Fäuste hätte darin versenken können. Der Arzt nahm eine Lampe und leuchtete Widmer ohne Vorwarnung abwechselnd in beide Augen. Er schien zufrieden zu sein, blieb aber noch einige Sekunden vor ihm stehen und blickte ihn herausfordernd an. Widmer spürte, dass etwas nicht stimmte. Dass mehr schief gelaufen war, als sich von Götz überrumpeln zu lassen. In seinem Kopf spielte ein Schwarm Hummeln eine Polka, und vor seinen Augen tanzten Lichtpunkte. Als er nicht reagierte, wechselte Götz zu einem spöttischen Grinsen und setzte sich wieder auf seinen Stuhl. Widmer war müde, aber es gelang ihm, seine Augen geöffnet zu halten. Er sah in Götz' Gesicht denselben selbstgefälligen Ausdruck, den die meisten Verbrecher aufsetzten, wenn sie sich im Vorteil wähnten. Sie brannten darauf, mit ihren Taten zu prahlen, weil sie glaubten, dass ihnen nichts passieren konnte. Weil sie dachten, sie seien zu schlau. Manchmal wendete sich aber das Blatt. Widmer war bisher zweimal in ähnlichen Situationen gewesen. Jedes Mal hatte sich das Blatt gewendet. Aller guten Dinge sind drei. So sagt man zumindest.

»Denken Sie nicht zu viel nach. Ich werde es Ihnen ohnehin erklären. Lassen Sie mich Ihnen vorab noch danken, dass Sie bei mir so überraschend hereingeschneit sind! Sie hätten zu keinem günstigeren Zeitpunkt erscheinen können! Auch wenn ich das anfangs noch anders gesehen hatte! Fühlen Sie sich wohl? Ich hoffe doch, Sie haben keine Schmerzen?«

Widmer hatte die Augen wieder geschlossen. Er konnte sich nicht bewegen. Es schien die einzige Möglichkeit zu sein, sich ein wenig von Götz zurückzuziehen. Er hatte keine Schmerzen, aber er fühlte sich nicht gut. Etwas stimmte ganz und gar nicht. Als Götz vor ihm gestanden hatte.

So hoch. So nah.

Was war anders gewesen? Er beschloss, seine Augen wieder zu öffnen und Götz zuzuhören. Dieser schien fest entschlossen zu sein, alles aufzudecken. Es bedeutete, dass er vermutlich vorhatte, Widmer zu töten. Aber selbst diese Gewissheit konnte ihm einen kleinen Vorteil verschaffen.

Götz hatte sich eine neue Zigarette angesteckt. Dieses Mal roch Widmer den Rauch. Er versuchte zu husten, aber er konnte nicht. Er räusperte sich. Das Geräusch, das er dabei erzeugte, klang nicht besonders ermutigend. Immerhin konnte er sich bemerkbar machen.

Allmählich ließ die Wirkung der Betäubungsmittel nach. Die Schmerzen kamen über ihn wie Blutegel. Sie schienen sich überall an seinem Körper festzusetzen und ihre Zähne in seine Haut zu schlagen. Widmer konnte den Schmerz ertragen, aber er wollte sehen, wie Götz reagierte. Seine Stimme klang, als ob er eine Handvoll Erde verschluckt hatte und nun dabei war, sie wieder herauf zu würgen. »Schmerzen! Überall! Mein ganzer Körper schmerzt.«

»Das täuscht. Aber ich werde Ihnen ein wenig Erleichterung verschaffen.«

Der Arzt trat wieder hinter Widmer und hantierte an einem Gerät herum. Augenblicklich schien sich ein dünner Vorhang über Widmers Augen zu legen. Von den Schmerzen blieb nur ein leiser Widerhall, der in seinem Schädel langsam verklang. Aber er blieb wach. Er spürte, wie Götz darauf brannte, ihm alles zu erzählen.

»Lassen Sie mich gleich mit der Tür ins Haus fallen. Ich möchte nicht, dass Sie sich unnötig Hoffnungen machen. Ich bin kein Sadist. Auch wenn ich mir diesen Vorwurf hin und wieder anhören muss.«

Götz drückte seine Zigarette in einem überfüllten Aschenbecher aus, presste die Fingerspitzen vor seiner Brust zusammen und sah aus dem Fenster.

»Wir haben heute den 23. September. Der Abend, an dem Sie hier aufgetaucht sind, liegt etwas mehr als drei Wochen zurück. Die Elektriker sahen Ihren Wagen noch am selben Abend wegfahren, da zweimal gehupt wurde, als er am Generatorgebäude vorbeifuhr. Er wurde in einem Tal ganz in der Nähe gefunden. Er war völlig ausgebrannt. Offensichtlich hatten Sie einige Benzinkanister im Kofferraum. Vielleicht fahren Sie ab und an über die Grenze, um billiger zu tanken. Man hatte dafür Verständnis, schließlich ist landläufig bekannt, dass Polizisten unterbezahlt sind.«

Götz wollte eine weitere Bemerkung dazu machen, aber nach einem Blick auf Widmer unterdrückte er sie.

»Ihr Körper war leider derart großer Hitze ausgesetzt, dass man keine Möglichkeit mehr hatte, ihn zu identifizieren. Glücklicherweise wurde einige Meter von Ihrem Wagen entfernt eine verkohlte Zehe gefunden. Talentierte Leute in den Polizeilaboren konnten genügend DNA daraus gewinnen, um sie Ihnen zuzuordnen. Gott weiß, wie sie dorthin gekommen ist. Sie wurden offiziell für tot erklärt. Herzliches Beileid.«

Der Fuß! Wo war sein Fuß? Götz hatte so dicht vor ihm gestanden.

Widmer versuchte, an sich hinunterzusehen, aber er konnte seinen Kopf nicht bewegen. Er schielte zur Seite und sah Metallstreben, die seinen Schädel fixierten. Aber das war nicht das Problem. Er hatte den Widerstand des Metalls überhaupt nicht gespürt. Sein Kopf hatte sich keinen Millimeter bewegt. Seine Muskeln hatten den Befehl, sich zu bewegen, überhaupt nicht empfangen.

»Ich werde Ihnen später gerne Ihre Todesanzeige und einige andere Dinge zeigen, damit Sie mir glauben. Es ist wirklich nicht nötig, dass Sie sich über Dinge den Kopf zerbrechen, die nicht mehr zu ändern sind.«

Götz musste unwillkürlich grinsen.

»Entschuldigen Sie. Sie fragen sich bestimmt, warum ich einen derart großen Aufwand betrieben habe, um Sie aus dem Verkehr zu ziehen. Tatsächlich waren Sie mit Ihren kopflosen Leichen auf der richtigen Spur! Sie erinnern sich doch bestimmt noch, oder nicht? Ich hätte natürlich einen gewöhnlichen Unfall inszenieren können, aber ich brauchte Sie noch. Zumindest einen Teil von Ihnen.«

Götz sah Widmer in die Augen und ließ dann seinen Blick genüsslich tiefer wandern. Das Grinsen schien sich inzwischen in seinem Gesicht auf Dauer eingerichtet zu haben. Irgendwo im Raum brummte eine Maschine.

»Wozu also der ganze Aufwand? Einige meiner Mitarbeiter nennen mich hinter meinem Rücken ›den Bruder von Dr. Frankenstein‹. Mir macht das nichts aus, auch wenn der Vergleich mehr hinkt als Frankensteins Monster. Verzeihen Sie, ich werde albern. Frankenstein wollte ursprünglich neues Leben erschaffen. Ich nicht. Wozu auch? Es gibt genügend Leben auf der Welt! Zu viel – möchte man manchmal meinen! Ärzte bewahren das Leben. Einige haben sich darauf spezialisiert, es ein wenig mehr als vorgesehen zu verlängern. Was ich mache, ist im Prinzip dasselbe, nur geht es weit darüber hinaus. Ich schenke den Menschen einen neuen Körper! Einen, der weitere dreißig, vierzig Jahre seine Dienste treu verrichtet! Wenn man es sich leisten kann. Ich lasse mir alles Mögliche vorwerfen, aber nicht, dass ich billig zu haben bin.«

Widmer zog seine Augenbrauen zusammen. Er schien zumindest diesen Teil seines Körpers unter Kontrolle zu haben. Also doch. Er erinnerte sich. Die kopflosen Körper. Widmer war gespannt auf seine Stimme. Nach einigen Anläufen erklang sie. Rasselnd und fremd, aber verständlich.

»Klonen. Sie machen Klone. Für Reiche.«

»Klone?«

Götz schien kurz davor, auf den Boden zu spucken.

»Wem sollte das nutzen? Gut, Sie bekommen einen wunderbaren, neuen Körper, und auch Ihr Schädel ist wie frisch aus der Fabrik. Aber wissen Sie was? Auch Ihr Gehirn wird nigelnagelneu sein! Wie ein frisches Brot beim Bäcker! Und genauso gut zu gebrauchen! Schön warm, aber leer. Sie wären ein neuer Mensch. Der Haken ist, Sie wären ein anderer Mensch! Ihr Bewusstsein, Ihre Erinnerungen, alles perdu! Und kommen Sie mir ja nicht mit den Geschichten von Klonen als menschliche Ersatzteillager an! Haben Sie jemals eine Niere verpflanzt? Einen Lungenflügel? Ein Herz womöglich? Ich habe es! Und ich kann Ihnen sagen, es ist eine unglaubliche Schweinerei! So viel Arbeit, um es zu bewerkstelligen. Natürlich, einem Säufer eine neue Leber einzusetzen, ist heutzutage relativ einfach.

Aber was, wenn ein älterer Mensch sich generalüberholen lassen will? Können Sie sich diesen Operationsmarathon vorstellen? Nein, natürlich nicht. Wenn es eine Möglichkeit gäbe, den Inhalt Ihres Hirnkastens in Ihren Klon zu verfrachten, tja, das wäre etwas! Natürlich könnte man jemanden klonen und dann den Kopf wegwerfen, um den alten aufzusetzen. Das würde mir einige Arbeit ersparen. Meine geschätzten Kollegen in den Klon-Laboren rund um die Welt arbeiten daran. Aber sie sind noch nicht so weit. Zum Glück. Das sichert mir ein Monopol.«

Widmer starrte Götz an. Hauptsächlich, weil er keine andere Möglichkeit fand, seine Gefühle auszudrücken. Der Arzt hatte wieder sein selbstgefälliges Grinsen aufgesetzt und baute sich vor Widmer auf, als ob er einen Faustschlag oder eine provokante Frage erwartete. Mangels Alternative entschied sich Widmer für die zweite Option.

»Was zum Teufel tun Sie eigentlich?«

»Ich verlängere das Leben. Ich gebe alten Menschen junge Körper. Ich weiß zwar nicht, wo im Körper sich die Seele versteckt, falls es so etwas überhaupt geben sollte. Aber ich weiß, dass alle wichtigen Funktionen des Menschen vom Gehirn aus gesteuert werden. Alle unsere Erinnerungen, unser gesamtes Wissen und unsere Erfahrung sind dort gespeichert! Um es kurz zu machen: Ich trenne die Köpfe von ihren alten Körpern und erhalte sie so lange am Leben, bis ich sie auf einen jüngeren verpflanzen kann.

Nebenbei habe ich eine Methode entwickelt, den Schädel gewissermaßen durchzuspülen, während er vom Körper getrennt ist. Kaum einer meiner Patienten ist bisher an Alzheimer oder Demenz erkrankt. Ich sollte mir das patentieren lassen! Aber vermutlich würden dabei eine Menge unangenehme Fragen bezüglich der angewandten Methoden gestellt. Als Abfallprodukt meiner Therapie fallen junge Köpfe und alte Körper an, die wir normalerweise in unserem kleinen Kraftwerk selbst entsorgen. Als wir kürzlich auf einen externen Dienstleister zurückgreifen mussten, wäre die Sache beinahe schief gegangen. Ich glaube, Ihre Kollegen sind immer noch damit beschäftigt. Aber sie scheinen inzwischen irgendwelche osteuropäischen Organhändler im Visier zu haben. Tatsächlich haben diese ähnliche Lieferanten wie wir. Junge Körper wachsen schließlich nicht auf Bäumen.«

»Sie sind ein Monster.«

Widmers Kräfte schwanden. Um ihn herum breitete sich Dunkelheit aus. Schritte hallten über den Boden des Zimmers. Widmer war sich nicht sicher, ob es nicht vielleicht ein anderes Geräusch in einem anderen Zimmer gewesen war. Sein Gehirn schien zu vergehen, wie die Glut eines Lagerfeuers, das allmählich erlosch. Er genoss das Gefühl. Er war in einen Albtraum geraten. Nun würde er wieder einschlafen und etwas anderes träumen. Etwas Angenehmeres. Ohne seltsame Ärzte mit bizarren Geschichten. Eine Stimme forderte Adrenalin, aber sie war zu weit weg und kaum noch zu hören. Ein sanftes Rauschen füllte den Raum zwischen Widmers Ohren. Er war jetzt ein Oktopus, der in einem viel zu kleinen Aquarium saß. Seinem riesigen Kopf entsprangen unzählige Tentakel, die sich an die Glaswände pressten und sie abtasteten. Die Wände waren glatt, hart und undurchdringlich. Er war gefangen, und sein Kopf pulsierte. Der Pulsschlag wurde schneller und stärker, bis jeder einzelne Schlag ein Donnerschlag voller Schmerzen war. Das Aquarium zerbarst. Das Wasser floss heraus und mit ihm der Kopf, der er war. Er rollte über den gekachelten Fußboden.

Er riss die Augen auf und sah Götz vor sich. Er stand aufrecht, und er sah Widmer geradewegs in die Augen. Widmer konnte seinen Kopf nicht bewegen, um zu sehen, was sich unter seinem Hals abspielte. Es war auch nicht nötig. Er wusste, dass sich dort nichts als ein blutiger Stumpf befand, aus dem Schläuche und Kabel ragten, die seinen Kopf am Leben erhielten. Götz hatte seinen Kopf amputiert und seinen Körper einem anderen gegeben. Eine einzelne Träne rann über Widmers Wange, doch noch bevor sie seinen Mund erreichte und er ihren salzigen Geschmack spüren konnte, schaltete sein Verstand ab. Der Medikamentencocktail, der in seinen

Schädel gepumpt wurde, verhinderte, dass er kollabierte und starb. Wie ein metallisches Echo drang Götz' Stimme zu ihm durch.

»Die Überraschung ist mir gelungen, nicht wahr? Sie sind ein kräftiger Bursche! Einer meiner Kunden erfreut sich gerade an Ihrem gesunden Körperbau! Aber seien Sie nicht traurig! Auch Sie werden Ihren Platz in der Geschichte der Kopftransplantation bekommen! Bisher kann noch niemand sagen, wie lange ein separierter Kopf am Leben erhalten werden kann. Ich bin bereit, das Wagnis einzugehen! Und Sie werden in der ersten Reihe dabei sein! Ich bin sehr zuversichtlich, dass ich Sie einige Wochen ...«

Die Stimme wurde leiser, aber sie verschwand nicht vollständig. Widmer hatte die Augen geschlossen. Anstelle von Dunkelheit sah er graue Schatten, die tanzten. Etwas rumorte in seinem Kopf wie ein Schiffsdiesel, der im Leerlauf vor sich hin stampfte. In seinem Schädel schienen sich kleine Tiere breitgemacht zu haben, die ihn immer wieder zwickten und bissen. Der Schiffsdiesel wurde lauter. Widmer wusste, dass er niemals wieder verstummen würde. Bis es vorbei war.

*K*arl Rainer warf sich das Jackett über den Arm und hielt seiner Begleiterin die Wagentür auf. Sie kicherte und schwang sich ins Innere des Jaguars. Dabei versuchte sie, nicht allzu viel Haut unter ihrem Minirock aufblitzen zu lassen. Was ihr nicht besonders gut gelang. Sie schüttelte ihre langen, blonden Haare und kicherte noch mehr, als Karl sich dicht neben sie setzte und seine Hand seinen lüsternen Blicken folgte. Das Leben war schön. Zu schön, um es vorzeitig enden zu lassen; da hatte der alte Sadist recht gehabt. Die ganzen Strapazen hatten sich gelohnt. Karl hatte das meiste davon inzwischen verdrängt. So wie ein Erwachsener die Schmerzen und Erniedrigungen einer schweren Krankheit verdrängte, die er als Kind durchlitten hatte. Er hatte einen muskulösen Körper mit strammen Bauchmuskeln und einem Bizeps, der die jungen Dinger verrückt machte. Und einem Schwanz, der bereit stand, wenn man ihn brauchte. Er würde ihn häufig gebrauchen. Manchmal hinkte Karl ein wenig, weil die große Zehe seines linken Fußes fehlte, aber das war zu verkraften. Götz würde dies auch noch korrigieren. Im Moment hatte Karl genug von Operationen. Er gab dem Chauffeur mit seiner tiefen Stimme das Signal loszufahren und schloss dann die verspiegelte Trennscheibe. Er sah hinein und lächelte. Auch die plastische Chirurgie hatte wahre Wunder vollbracht. Mit ein wenig Fantasie konnte man ihn noch erkennen, aber die meisten Menschen besaßen zu wenig davon. Es war zwar nicht das Gesicht eines wirklich jungen Mannes, das ihn aus der Scheibe anblickte, aber es war auch nicht mehr das eines Tattergreises. Er hatte auf Götz' Rat gehört und sich von seiner Familie und allen Bekannten getrennt. Man hatte eine geschmackvolle Beerdigung inszeniert. Er hatte sich mit Genugtuung vorgestellt, wie seine Angehörigen die Nachricht aufgenommen hatten, dass er sein komplettes Vermögen einer Stiftung gespendet hatte. Götz hatte einen unverschämt hohen Preis gefordert, aber Karl hatte ihn bezahlen können. Und es war noch mehr als genug übrig, um die Prozedur bei Bedarf zu wiederholen. Und für anderes. Er grinste sich selbst an und ließ seine Hand noch ein wenig tiefer unter den Rock des Mädchens wandern.

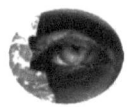

»**A**ber ich bitte Sie, meine Gnädigste, Diskretion ist mein zweiter Vorname! Ich verstehe natürlich, dass Sie gerne meine Referenzen sehen möchten. Ich glaube aber nicht, dass Sie wollten, dass ich Sie als Referenz angebe, wenn mich jemand anderes danach frägt, nicht wahr?«

Götz lächelte sein Raubtierlächeln. Die Frau, die ihm gegenübersaß, war über achtzig Jahre alt. Ihre Haare waren hellrot, beinahe orange gefärbt, die tiefen Falten ihres Gesichtes waren mit einer dicken Schicht Make-up bedeckt, und das Gewicht ihrer goldenen Ohrringe schien ihre Ohren vom Kopf reißen zu wollen. Götz unterdrückte ein Würgen. Er beugte sich in einer verschwörerischen Pose vor. Als sie ihren Oberkörper ebenfalls einige Millimeter bewegte, verfiel er in einen affektierten Flüsterton.

»Ich mag Sie. Und deshalb werde ich Ihnen ein kleines Geheimnis anvertrauen. Mehr als eine kleine Andeutung kann ich mir leider nicht erlauben. Haben Sie in den letzten Jahren etwas von Howard Hughes oder von Thomas Pynchon gehört? Oder sie gar gesehen? Nein? Nun, Sie vielleicht nicht. Die meisten Menschen nicht. Aber vielleicht gibt es einen Arzt, den sie hin und wieder konsultieren …«

Die Frau wusste nicht, wer Thomas Pynchon war, aber sie schien zu verstehen, auf was der Arzt hinaus wollte. Sie lachte. Zumindest nahm Götz dies an. Der alte Körper vibrierte, und aus der faltigen Kehle kam ein Geräusch, das wie ein verstopfter Ablauf klang.

»Wahrscheinlich kommt auch Elvis gelegentlich zu diesem speziellen Arzt?«

Götz wartete einige Sekunden.

»Kurz bevor Sie kamen, hat er das Gebäude verlassen.«

Wieder vergingen einige Sekunden, dann lachten beide. Götz ging vor seinem inneren Auge die Nullen auf dem Scheck durch, den er bald in Händen halten würde. Als er bei der letzten angekommen war, klang sein Lachen herzlich und ehrlich.

Er hatte gute Laune. Später würde er vielleicht noch in den Keller gehen. Er würde die Tür zu dem Raum öffnen, der in blaues Licht getaucht war. Er würde zu einem ganz bestimmten Kopf gehen und ein wenig mit ihm plaudern. Es war erstaunlich, wie lange er nun schon bei ihm war. Waren es zehn Monate, oder bereits elf? Inzwischen machten sich erste Verschleißerscheinungen breit. Nicht äußerlich, da war Widmer tipptopp. Aber er antwortete kaum noch. Götz war sich nicht sicher, ob Widmer aus Protest schwieg, oder ob er allmählich schwachsinnig wurde. Einerlei, es war ein Rekord. Und es war Götz' Rekord. Ja, er hatte gute Laune. Vielleicht würde er Widmer heute sogar ein Bonbon zuwerfen. Er würde zusehen, wie er danach schnappte. Wie er es vielleicht sogar erwischte und versuchte, es zu schlucken.

E N D E

Die beiden russischen Wissenschaftler gab es tatsächlich. Auch das Experiment mit den Hunden wurde wie beschrieben durchgeführt – samt den grausamen Details, aber auch den daraus resultierenden positiven Ergebnissen. Äußerlichkeiten der beiden Sergejs sind ebenso frei erfunden, wie ihre vermeintlichen Charaktereigenschaften und ihre Gedanken und Meinungen zu dem Experiment.

Inzwischen hat die Realität die Fiktion überholt. Wie im Frühjahr 2015 bekannt wurde, will ein italienischer Chirurg im Jahr 2017 den ersten menschlichen Kopf auf einen anderen Körper verpflanzen ...

José V. Ramos
Der kleine Brad

Die Hexe hatte ihn gewarnt:

»Verlasse niemals dieses Haus! Hörst du? Niemals!«

Widerwillig hatte er den Blick vom Fenster seines Zimmers abgewandt. Es bot eine wundervolle Aussicht auf die weitläufige Parkanlage, die das riesige Haus auf allen Seiten umgab.

»Warum?«, hatte er trotzig gefragt, nicht gewillt, diesen Befehl unwidersprochen zu akzeptieren. Ein spöttisches Grinsen umspielte seine Mundwinkel.

»Was würde passieren?«

Die Hexe hatte sein Kinn zärtlich zwischen Zeigefinger und Daumen gefasst und sein Gesicht langsam zu sich herab geführt, bis ihre Lippen sich berührten. Er hatte ihren Kuss nicht erwidert, sondern ihre fordernde Zunge abgewiesen. Mit wütend blitzenden Augen hatte sie ihn wieder losgelassen und sich zum Gehen gewandt. Als sie die Türschwelle erreichte, eine Hand mit schwarzlackierten Fingernägeln am Türblatt, die andere am weißlackierten Pfosten, hatte sie ihn kühl über die Schulter hinweg gemustert und schließlich seine Frage beantwortet.

»Das, mein kleiner Brad, kann ich dir nicht erzählen, ohne den Zauber zu zerstören, der dich umgibt. Aber glaub mir, du solltest besser nicht versuchen, es herauszufinden.«

Die Tür war lautstark hinter ihr ins Schloss gefallen.

Wie jeden Abend lag Brad in der Badewanne. Er hielt den Atem an und tauchte mit seinem Kopf vollständig unter das heiße, dampfende Wasser, während seine Gedanken um dieses seltsame Gespräch kreisten, das sich vor einigen Tagen ereignet hatte. Als seine Lungen mit Nachdruck nach Luft verlangten, schob er sein Haupt so weit aus der seifigen Wasserbrühe heraus, dass die dampfgeschwängerte Badezimmerluft wieder problemlos in seine Lungen strömen konnte. Die Hitze und das Badewasser taten seinen Knochen, seinem ganzen Körper gut. Die Feuchtigkeit revitalisierte ihn, sie sickerte direkt durch die Poren seiner Haut in ihn hinein. Wenn er nicht gewusst hätte, dass es Einbildung war, hätte er geschworen, dass seine Glieder, ausgedörrt von den Anstrengungen des Tages, das Nass regelrecht in sich aufsogen wie das weitverzweigte Wurzelwerk eines knorrigen Baumes. Dieses Bild beunruhigte ihn auf eine unheimliche Weise, die er nicht einordnen konnte.

Das Wasser in der Wanne schwappte an den Rändern unruhig auf und ab, als er den breiten Rand des Beckens mit seinen Händen umfasste und sich daraus empor hievte. Einige lange Momente stand er einfach so da, nackt, das trübe Badewasser bis zu den Waden reichend, seifige Rinnsale an ihm herabtropfend. Zwei Armlängen von ihm entfernt befand sich ein großer Badezimmerspiegel, der vom Wasserdampf teilweise angelaufen war. Er betrachtete darin sein Spiegelbild, das jungenhafte Gesicht mit dem kräftigen Kinn, umrahmt von feuchten, dunkelblonden Haarsträhnen, die an Stirn und Wangen klebten. Er hatte es in den letzten Wochen oft betrachtet. Doch auch dieses Mal sahen seine Augen nur einen Fremden aus dem Spiegel zurückstarren. In seinen Augen war kein Erkennen – immer noch nicht. Es war das markante Gesicht eines Vierzigjährigen, der sich gut gehalten hatte: ebenmäßig geschnitten, mit hohen Wangenknochen, blauen Augen und vollen, sinnlichen Lippen. Doch dieses Gesicht brachte in ihm keine Saite zum Schwingen. Er verband keine Vergangenheit, keine Erinnerung und Geschichte mit diesem Gesicht. Auch der Rest seines Körpers war für sein Alter noch in einem beeindruckend fitten Zustand: breite Schultern, schmale Hüften, überall wohldefinierte Muskeln voll drahtiger Eleganz, ohne ein Gramm Fett zu viel. Er strich sich etwas selbstverliebt über seinen eindrucksvoll flachen Bauch, während er sich mit einem großen Frotteetuch trocken rieb.

Kein Wunder, dass die Hexe ständig mit ihm vögeln wollte! Jede freie Minute, über die sie verfügte, zerrte sie ihn in eines der zahlreichen Schlafzimmer des gewaltigen Hauses, das mehr eine labyrinthische Villa war und verlangte von ihm erschöpfende Liebesdienste. Er konnte zu keiner Tages- und Nachtzeit vor ihren lüsternen Nachstellungen sicher sein.

Er hasste es, wenn sie ihn »kleiner Brad« nannte. Er verabscheute diesen Namen, weil er für ihn nichts bedeutete. Wie bei seinem Gesicht erzeugte der Name keine nennenswerte Resonanz in ihm, war für ihn fremd und bedeutungslos.

Die Hexe hatte ihm zahlreiche Fotoausschnitte aus Frauenzeitschriften und Magazinen gezeigt, auf denen er zu sehen war. Immer lächelnd, oft mit einem spitzbübischen Grinsen auf den Lippen, manchmal mit einem Spitzbart, dann wieder vollbärtig oder glattrasiert. Er schien sich auf diesen Bildern ständig zu verändern, als suche er ein passendes Äußeres für seinen inneren Gemütszustand. Bilder aus seinem früheren Leben, erzählte ihm die Hexe. Dem Leben, das er wohl mal besessen hatte, bevor er in jener stürmischen Nacht neben dem Erdloch in der Parkanlage der Villa zu sich gekommen war – regennass, schlammverklebt und zitternd wie ein Neugeborenes, das instinktiv die Kälte der Welt spürt, in die es eintritt.

Ein Unfall, behauptete die Hexe, aber er glaubte ihr nicht. Sie habe ihn gerettet und zu sich in die Villa gebracht, wo sie sich um ihn kümmerte und ihn pflegte. Sie log, das wusste Brad genau, während er ihr jede Nacht mit seinem Schwanz seine Dankbarkeit für die Rettung beweisen musste.

Brad zog seine Boxershorts an und verließ das Bad, ohne das Wasser aus der Wanne zu lassen. Das Haar feucht zurückgekämmt, fühlte er sich erfrischt und erholt, als wäre er aus einem Jungbrunnen gestiegen. Er schlich den dunklen Flur entlang und machte erst Licht, als er in seinem Zimmer war und die Tür sachte hinter ihm ins Schloss fiel.

Sie hatte ihm eindringlich befohlen, in dem geräumigen Zimmer im dritten Stock der Villa zu bleiben, wenn Fremde im Haus waren.

So wie heute Nacht.

Drei schwarze Mercedes S-Klasse Limousinen waren in kurzen Abständen nach Einbruch der Dunkelheit fast lautlos über die kilometerlange Auffahrt gerollt, die die Villa wie eine Nabelschnur mit der Außenwelt verband. Die Auffahrt begann direkt hinter einem großen, schwarzen schmiedeeisernen Tor mit Gitterstreben, die in scharfen Lanzenspitzen endeten.

»Diskretion ist alles in diesem Geschäft, Brad«, pflegte ihm die Hexe über ihre Angelegenheiten zu erklären.

Die Hexe nannte sich selbst nur Vystenia und gab sich als erfolgreiche Wahrsagerin aus, die die Zukunft ihrer Kunden aus der Kristallkugel lesen konnte, die sie im Beschwörungsraum im Erdgeschoss aufbewahrte.

»Deine hübschen blauen Augen würden dir überlaufen, wenn du wüsstest, wer zu meinen Kunden gehört.« Sie hatte ihm gegenüber keine Namen genannt, aber er wusste, dass bei ihr hochbezahlte Manager von weltbekannten Konzernen den Rat für weitreichende Unternehmensentscheidungen einholten, die sie dann in Pressekonferenzen publikumswirksam als eigene Erkenntnisse verbreiteten. Auch Politiker und Schauspieler, die sich um den Fortgang ihrer Karrieren sorgten, griffen ausgiebig auf die seherischen Fähigkeiten Vystenias zurück. Das waren die großen Fische, die für Vystenias beträchtlichen Reichtum gesorgt hatten. Daneben gab es aber auch viel Kleinvieh, wie die Hexe respektlos diejenigen Kunden titulierte, die nur die kostengünstigeren Ausprägungen ihrer hellseherischen Künste, wie Handlesen oder Kartenlegen, nachfragten.

»Aber Kleinvieh macht auch Mist, nicht wahr, kleiner Brad?«

Brad fand, dass die Hexe sich zu gern reden hörte, während er es ihr in ihrem gewaltigen Himmelbett besorgte.

Er zog sich an. Schwarze Jeans, schwarzes Hemd und eine dunkle Lederjacke darüber. Die Klamotten würden ihm die bestmögliche Tarnung für seine nächtliche Flucht durch den Park bieten.

Nachdem er in ausgetretene Turnschuhe geschlüpft war, ging er zum Fenster, öffnete beide Flügel und lies den Nachtwind in den Raum hinein. Der Atem der Nacht besaß eine kühle Schärfe und schmeckte nach herbstlichem Zerfall.

Brad starrte in die sternenklare Finsternis hinaus. In seiner Vorstellung hatte er sich bereits zig Mal erfolgreich aus der Villa geschlichen und war unbemerkt über den kurzgeschorenen Rasen gerannt, immer im Schutz der Schatten, einige Meter abseits der in regelmäßigen Abständen beleuchteten Auffahrt. Eigentlich brauchte er sich keine Sorgen über den Erfolg seiner Mission zu machen. Vystenia besaß keine Hunde oder Wachmänner, die das Anwesen vor Eindringlingen schützten und seine

Flucht hätten vereiteln können. Die Hexe war heute Abend gut beschäftigt mit den Schlipsträgern, die ihre schwarzen Karossen auf dem Parkplatz hinter der Villa abgestellt hatten. Sie würde erst in einigen Stunden bemerken, dass ihr Spielzeug verschwunden war. Dann erst, wenn sie nach vollendeter mystischer Arbeit, auf der Suche nach sinnenfroher Entspannung, zu ihm ins Zimmer kommen würde. Ein Lächeln stahl sich in Brads Gesichtszüge, als er sich Vystenias Zornausbruch vorstellte, nachdem ihr dämmern würde, was passiert war. Wenn das geschah, war er hoffentlich längst über alle Berge und als Anhalter irgendwo hin unterwegs, in eine neue Zukunft, ein neues Leben.

Er würde keinen Abschiedsbrief hinterlassen.

Es gab nur ein wirkliches Hindernis, das seine Flucht vereiteln konnte: der Ring aus verkrüppelten Bäumen, der die Villa auf halber Strecke zwischen Außenmauer und Gebäude umgab. Die Bäume beunruhigten ihn, seit er sie zum ersten Mal erblickt hatte. Er konnte sein ungutes Gefühl nicht genau benennen. Es waren tote, graue Baumskelette, die sich in einem fast konzentrischen Kreis um die gesamte Villa verteilten. Ihre knorrigen Stämme und Äste bogen und duckten sich in allen vier Himmelsrichtungen von der Villa weg, so als hätte vor Urzeiten die gewaltige Druckwelle einer Explosion sie zu diesen fremdartigen Verrenkungen gezwungen und auf ewig verkrüppelt.

Der Gedanke, sich durch die gewundenen, ineinander verknoteten Äste und Zweige der Bäume schlagen zu müssen, stellte ihm unwillkürlich die Nackenhaare auf. Selbst die Schneise, die die asphaltierte Auffahrt in den breiten Baumring schlug, schien sich nur widerwillig und mühsam dort behaupten zu können. Die toten Bäume auf beiden Seiten des Asphalts schmiegten sich so eng daran, dass sie das graue Band zwischen ihnen fast zu zerquetschen drohten. Tief über der Straße hängend, vereinigten sich die nackten, verrenkten Äste der Baumkronen zu der Karikatur eines klösterlichen Kreuzganges.

Als er seinen Fluchtweg geplant hatte, hatte Brad instinktiv beschlossen, einen großen Bogen um diese absonderliche Baumallee zu machen. Für seinen Geschmack zu offensichtlich war der einzige Zugang zur Villa auch der einzige natürliche Weg hinaus. Sollte seine Flucht doch früher als gedacht bemerkt werden, würde Vystenia wohl sofort vermuten, dass er die Auffahrt genommen hatte, um ihrer Umklammerung zu entkommen. Sollte sie das nur denken, während er sich seinen Weg durch das unwegsame Dickicht des seltsamen Baumkreises bahnte. Ausgerüstet mit einer leistungsstarken Stabtaschenlampe und einer rostigen Machete, die er in dem Geräteschuppen hinter der Villa gefunden und unbemerkt an sich genommen hatte, würde sein Vorhaben sicher gelingen.

Brad wandte sich vom offenen Fenster ab, schnappte sich Taschenlampe und Machete, die er in der untersten Schublade seines Nachttisches verborgen hatte, und löschte das Licht, bevor er das Zimmer verließ. Sonst hatte er kein weiteres Gepäck dabei, das ihm hinderlich werden konnte. Nicht einmal Geld hatte er in der Villa auftreiben können, doch das war ein Problem, mit dem er sich noch später auseinandersetzen konnte.

Der dunkle Flur empfing ihn mit prickelnder Stille. Die feinen Härchen in seinem Nacken stellten sich unwillkürlich auf. Er fühlte sich beobachtet, obwohl er wusste, dass Vystenia zwei Stockwerke tiefer im Beschwörungsraum ihre Kristallkugel bearbeitete. Es war diese gewaltige Villa mit ihrer fast unendlich scheinenden Zahl an Räumen, die ihm den kalten Schweiß auf die Stirn trieb. Die Taschenlampe flammte kurz auf und riss den langen Gang für einen Augenblick aus der Umarmung der Finsternis. Brad bereute es sofort. Die Wände des Korridors waren mit alten, verstaubten Ölgemälden von Vystenias Hexenahnen dekoriert, deren Anblick ihm schon bei Tageslicht das Blut in den Adern gefrieren ließ. Jetzt, in dem kurzen Lichtblitz, hatten die Portraits der verschiedenen Hexen und Zaubermeister fast lebendig gewirkt, und ihre Blicke waren tadelnd auf ihn gerichtet gewesen.

Brad eilte mit angehaltenem Atem bis zur Treppe, die in die unteren Stockwerke führte. Seine Schritte verursachten nur ein kaum vernehmbares Säuseln auf dem mit dickem Teppich ausgelegten Boden. Er hatte sich seinen Fluchtweg in den letzten Tagen und Wochen immer wieder eingeprägt. In dieser bedrückenden Dunkelheit spulte er jetzt die einzelnen Schritte vor seinem inneren Auge ab. Er schob die Machete in seinen Ledergürtel, umfasste den Handlauf der Treppe und sprang die Stufen hinab. Er konzentrierte sich auf das Abzählen der Stufen, vermied die vierte und dreizehnte, die ihn mit ihrem lauten Knarzen verraten konnten, und erreichte schließlich den Treppenabsatz. Er ließ die Taschenlampe erneut aufblitzen, um sich zu orientieren, und lief dann mit angehaltenem Atem weiter die nächste Treppe hinunter, bis er das Erdgeschoss mit dem großen, runden Empfangssaal erreichte. Sein Herz trommelte wie wild in seiner Brust.

Brad spürte einen merkwürdigen Druck hinter sich wachsen, so als würde sich die Finsternis der Zimmer und Gänge, die er hinter sich gelassen hatte, zu einer unüberwindbaren Mauer verdichten, die ihm dicht auf den Fersen war und ihm den Rückweg versperrte. Er hatte das Wohlwollen des monströsen Gebäudes verspielt, das ihn nun regelrecht aus seinen schwarzen Eingeweiden spucken wollte.

Nun, Brad wollte nichts lieber, als dieses verfluchte Gemäuer so schnell wie möglich hinter sich lassen.

Geisterhaftes Licht fiel von draußen durch die vier gleichmäßig in der Wand des Empfangssaals verteilten Bogenfenster und füllte den Raum mit grauem Zwielicht und tanzenden Schatten. Brad verharrte am Fuß der ausladenden Freitreppe und starrte zu der schweren Eichentür mit den Einsätzen aus gefrostetem Glas, die zehn Meter von ihm entfernt den Zugang zum Vorraum verschloss. Zu seiner Rechten zeichneten sich drei wuchtige Holztüren ab, die alle in den Beschwörungsraum führten, wo Vystenia gerade ihrer seherischen Arbeit nachging. Kein Geräusch drang aus dieser Richtung zu ihm, obwohl er wusste, dass sich dort momentan mehrere Besucher aufhielten. Der Saal war von innen und außen schallgeschützt und hermetisch abgeriegelt.

Dennoch schlich Brad auf Zehenspitzen durch den Empfangssaal und ignorierte die zahlreichen Marmorstatuen, die ihn von ihren Säulen herab missbilligend zu mustern schienen. Die Tür zum Vorraum glitt mühelos und mit einem kaum hörbaren Seufzen auf. Mit zwei, drei weiten Sätzen war Brad an der massiven Eingangstür und schob den schweren Eisenriegel langsam beiseite. Zwei Mal drohte der Riegel ein verräterisches Quietschen von sich zu geben, aber es gelang ihm, das Geräusch mit der quälenden Langsamkeit seiner Bewegungen zu vermeiden. Es schien eine Ewigkeit zu dauern, bis er die Tür einen Spaltbreit öffnete und wie ein unerwünschter Geist in die Nacht und in die Freiheit entfloh.

Endlich draußen schien eine gewaltige Last von seinen Schultern zu fallen. Brad hielt sich nicht lange damit auf, das bisher Erreichte zu würdigen, denn er wusste, dass ihm der schwierigste Teil noch bevorstand. Mit eiligen Schritten rannte er über den akkurat gestutzten englischen Rasen. Die Sterne glitzerten, und eine silbrige

Mondsichel hing wie ein neugieriger Beobachter über seinem Kopf. Mit jedem Meter, den er zwischen sich und die dräuende schwarze Masse der Villa legte, lief er schneller und befreiter, bis seine Füße fast über das Gras zu fliegen schienen.

Die Sterne und der Mond spendeten so viel Licht, dass er keine Taschenlampe benötigte, um seinen Weg zu finden. Er entfernte sich in nordwestlicher Richtung vom Haus, ließ das silbergraue Band der Auffahrt so weit wie möglich hinter sich.

Keuchend stieß er seinen dampfenden Atem in die Kühle der Nacht hinaus, als er die ersten spitzen Auswüchse des Baumkreises erreichte. Brad zerrte die Machete aus seinem Gürtel und hieb auf die sich ihm entgegenreckenden Äste und Zweige ein. Es schien fast so, als würde ihn die Baumhecke willkommen heißen, als sie ihn umfing. Die toten, verschlungenen Zweige der Bäume zersplitterten unter seinen mächtigen Hieben. Holz und Borkenfetzen wirbelten um ihn herum, als er fast manisch auf das verwachsene Geäst einschlug. Als in seinem Hinterkopf der angstvolle Gedanke hochkam, dass er es nicht schaffen würde, verdoppelte er seine Anstrengungen. Schweiß perlte auf seiner Stirn, sein Atem brannte in den Lungen. Äste und Zweige peitschten unablässig sein Gesicht wie mit spitzen Krallen, doch er spürte die Kratzer kaum. Sie verfingen sich fortwährend in seiner Kleidung und zerrten ihn in verschiedene Richtungen. Seine Füße fanden kaum Halt am Boden, in dem dichten Gewirr aus Wurzeln und Unterholz. Er stolperte. Der Lichtkegel der Taschenlampe tanzte verloren über das missgebildete Ästegespinst, schnitt Baumfratzen aus der Dunkelheit, die auf ihn einzustürzen schienen. Mit der Hand, die die Machete hielt, fing er seinen Sturz ab. Für einen schrecklichen Moment sah es so aus, als würde er sich die rostige Klinge selbst in den

Leib rammen. Brad fluchte und kämpfte sich wieder auf die Beine. Er hatte sich bereits einige Meter tief in den inneren Baumring gekämpft, als er vermeinte, hinter dem ganzen Astgestrüpp diffuse Lichter zu erkennen.

Dorthin musste er gelangen!

Dort befanden sich die Schutzmauer des Anwesens und dahinter seine Freiheit.

Die kurze Verschnaufpause tat ihm gut. Er hob mit neuem Elan seinen rechten Arm, um mit der Machete die Bresche in dem Totholz voranzutreiben, als er einen Knall wie von einem Peitschenschlag vernahm und gleichzeitig ein betäubender Schmerz in seinem rechten Handgelenk explodierte.

Brad konnte vor Überraschung den Schmerzensschrei auf seinen Lippen nicht unterdrücken. Die Machete flog aus seiner mit einem Mal kraftlosen Hand in die Dunkelheit. Seine Finger waren tot, bewegten sich nicht mehr nach seinem Willen. Reflexartig zog er den schmerzenden Arm schützend zu sich heran. In seiner Linken hielt er noch immer die Taschenlampe, deren Strahl sich ziellos in dem umliegenden Gestrüpp verfing. Er lenkte das Licht auf sein schmerzendes Handgelenk. Der Anblick ließ ihn erschauern.

Schwarzes Blut schoss aus seinem aufgeplatzten Handgelenk und rann glänzend am Ärmel seiner Lederjacke herab. Wie eine Handvoll quirliger Aale wanden sich die blutverschmierten Stränge seiner abgerissenen Sehnen aus der Wunde hervor und reckten ihre Enden dem bleichen Mondschein entgegen. Brad schaute mit Schrecken und fasziniert zugleich, wie die Sehnen aus ihm heraus wuchsen und sich wie kleine, zarte Zweige zu verästeln begannen.

Was passierte hier mit ihm?

Er hatte keine Zeit, sich darüber den Kopf zu zerbrechen.

Vor Schmerzen biss er die Zähne zusammen und versuchte, sich wieder aufzurichten und weiterzugehen. Er musste schnellstmöglich durch diesen verdammten Ring aus Bäumen gelangen. Er war noch nicht bereit, aufzugeben.

Er machte einen Schritt vorwärts, versuchte es wenigstens, aber er kam nicht vom Fleck. Seine Beine fühlten sich steif und ungelenk an, so als wären sie mit dem Boden verwachsen. Kalter Schweiß benetzte seine Stirn, als er seinen Oberkörper schwerfällig um die eigene Achse zu drehen versuchte, um mit der Taschenlampe hinter sich zu leuchten. Im kränklich gelben Lichtkegel sah er, wie ein Schlangengewirr aus bleichen Wurzeln und Ranken sich um seine Waden wand und sich einen Weg tief in das Erdreich bahnte. Erst auf den zweiten Blick wurde er gewahr, dass das Wurzelwerk direkt aus seinem Unterschenkel durch seine zerrissene Jeans gestoßen war.

Voller Zorn erkannte Brad, dass Vystenias Warnung keine leere Drohung gewesen war. Das war Zauberwerk, dem er hilflos ausgeliefert war. Machtlos spürte er, wie die Kräfte der Verwandlung in seinem Körper wüteten und seine Gliedmaßen ohne sein Zutun in die aberwitzigsten Verrenkungen zwangen. Mit Augen so groß wie Untertassen beobachtete er, wie sich die fünf Finger seiner linken Hand in die Länge schoben, die Haut sich über den Knöcheln und Gelenken spannte, zerriss und die blanken Knochen zum Vorschein kamen; aber diese waren grün-grau und borkig wie Äste.

Die Taschenlampe fiel ihm aus der nutzlosen Hand und rollte in das Unterholz zu seinen Füßen. Der Zufall wollte es, dass der verirrte Lichtstrahl genau in seine Richtung leuchtete und er im Schein der Taschenlampe seine eigene schmerzhafte Metamorphose zu einem Baumskelett verfolgen konnte. Seine Wut- und Schmerzensschreie hallten von den umstehenden Bäumen wider, bis sie schließlich ganz erstarben. Das allerletzte Bild, das sich in seine Netzhaut brannte, waren die verzerrten Menschengesichter, die sich in den zerfurchten Rinden und Borken der umstehenden Baumkrüppel abzeichneten und ihn auszulachen schienen. Er war nicht der Erste von Vystenias Liebhabern, der seine Flucht mit dem Leben bezahlen würde. Es hatte viele Vorgänger gegeben.

Schließlich verstummten Brads schreckliche Schreie der Agonie.

Dünne, nackte Äste sprossen aus seinen leeren Augenhöhlen, wanden sich in den klaren Nachthimmel empor, wie angelockt vom blassen Glanz des Mondes. Aus seinem erstarrten, aufgerissenen Mund wuchs wie im Zeitraffer ein armdicker Ast heraus, schuf sich den nötigen Platz, in dem er alles, was in seinem Weg stand, zermalmte: Kiefer, Schädelknochen, Zähne splitterten und barsten.

Irgendwann war die Verwandlung zu einem missgebildeten Baumskelett abgeschlossen, und eine gespenstische Stille senkte sich wieder auf das dunkle Anwesen herab. Der einsame Schrei einer Eule ertönte klagend.

Die blitzenden Sterne und der Mond starrten weiter mit teilnahmsloser Kälte auf die Erde herab, als hätte nie etwas die nächtliche Ruhe gestört.

Epilog

Drei Tage unablässiger Regen hatten die Erde aufgeweicht und zu Matsch verwandelt, aber das erleichterte Vystenia das erneute Ausheben des Pflanzloches. Die Hexe rammte den Spaten zum wiederholten Mal tief in die braune, schlammige Erde.

Ein kleiner, batteriebetriebener Halogenstrahler tauchte die Umgebung in grelles Licht, und der Regen fiel wie ein unablässiger Schauer kleiner spitzer Nadeln durch den Kegel. Wasser sickerte in das schwarze Erdloch hinein, aber das spielte keine Rolle für das, was sie vorhatte.

Es war Neumond. Die richtige Zeit, um einen neuen Samen in die Erde zu legen. In wenigen Wochen, bei Vollmond, würde sich ihr neuer Liebhaber aus dem Schoß der Erdmutter graben. Und diesmal hoffte sie, mehr Glück zu haben. Die Geduld der Ordensmeisterin war erschöpft.

»Das ist das letzte Mal, dass ich dir einen Samen gebe, Vystenia. Dann ist ein für alle Mal Schluss mit diesem Irrsinn.«

Vystenia hatte ehrfürchtig die Augen auf den Boden gerichtet und ein unverständliches Danke gemurmelt, als das Inkubus-Saatkorn in ihre ausgestreckte Hand wanderte.

Was wusste die Ordensmeisterin schon von ihren schlaflosen, einsamen Nächten in ihrer verhexten Villa? Sie war eine Frau aus Fleisch und Blut, im besten Alter und mit durchaus weltlichen Bedürfnissen. War es verwerflich, dass sie nach einer Lösung für ihr Problem suchte?

»Du missbrauchst die Zauberkunst für deine persönlichen Zwecke«, tadelte die Hexenmeisterin. »Ich kann dieses Verhalten nicht länger gutheißen.«

War es ihre Schuld, dass die Inkuben nach nur wenigen Wochen einen unkontrollierbaren Freiheitsdrang entwickelten, der sie über kurz oder lang aus der Reichweite des Zauberbanns trieb, den sie um ihre Villa gelegt hatte?

Der ausgedehnte Baumkreis, der sich in einigen Jahren um das düstere Gebäude gebildet hatte, war Beweis und dauerhafte Warnung für ihr Scheitern. Wenn der Zauber seine Wirkung verlor, wurden ihre Liebhaber wieder zu dem, was sie ihrer Natur nach eigentlich waren: Bäume.

Der Regen prasselte mit stumpfsinniger Eintönigkeit auf ihre imprägnierte Wachsjacke, deren triefende Kapuze sie tief ins Gesicht gezogen hatte. Das Loch war jetzt tief genug. Sie kniete sich in den Schlamm nieder und nahm behutsam den schwarzen Samen aus der Jackentasche. Die Saat ähnelte etwas einer Erdnuss mit drei Kammern, jedoch mit ausgeprägten Auswüchsen an den Stellen, wo dem Inkubus Arme und Beine wachsen würden.

Vystenia drückte den Samen vorsichtig in das weiche Erdreich des Loches, das sich wieder mit Regenwasser zu füllen begann. Dann kramte sie ein gefaltetes Papier aus der Jackentasche und klappte es auf. Der Papierfetzen war sofort vom Regen durchnässt. Es handelte sich um das Bild eines Mannes, das sie aus einem der zahlreichen Magazine geschnitten hatte, die in ihrem Haus herumlagen. Der breit lächelnde Mann auf dem Foto war in den besten Jahren und hatte kurzgeschnittenes graumeliertes Haar. Vystenia erinnerte sich, dass das Bild auf einer der letzten Premierenfeiern in London oder Berlin aufgenommen worden war. Der Titel des Films war ihr entfallen. Der Mann war ein berühmter Hollywood-Schauspieler, so wie es Brad auch gewesen war. Sie hatte eine Schwäche dafür, ihre Buhlteufel in der Gestalt bekannter Hollywoodstars zu züchten. Sie legte das Bild zu dem Samen in das Erdreich und begann mit den bloßen Händen, die Erde wieder in das Loch zu schütten. Das verschmitzt lächelnde Gesicht des Filmschauspielers verschwand unter feuchten Erdklumpen.

Mit fiebrig hämmerndem Herzen richtete Vystenia sich auf, packte den Spaten und den Halogenstrahler und lief zur dunklen Silhouette der gewaltigen Villa zurück, die sich vor ihr in den wolkenverhangenen Nachthimmel erhob. Bereits jetzt konnte sie es kaum erwarten, dass die vier Wochen bis zum nächsten Vollmond verstrichen. Sie war immer aufgeregt, wenn sie sich einen neuen Inkubus heranzog. Diesmal würde es also ein George sein, dachte sie, während sie über den rutschigen Rasen marschierte. Um ehrlich zu sein, gefiel der ihr sowieso besser als Brad, dieser eingebildete, selbstverliebte Schönling.

ENDE

Der kleine Brad *erschien 2007 in der Anthologie* **Zwischen den Welten,** *herausgegeben vom Science Fiction Club Baden-Württemberg. Die Geschichte wurde für die aktuelle Veröffentlichung leicht überarbeitet.*

Gerd Rödiger
Black Noise

F ür seine Kritiker war Valentin ein gewissenloses
Schwein, das keine Bedenken hatte, selbst seinen
eigenen Tod zu vermarkten. *Ein armes Schwein*, sagten
Menschen, die ihm nahe standen. Gezeichnet von einer
schweren Krankheit, die seine Nervenenden nach und
nach in matschige Klumpen verwandelte, und zeitlebens
getrieben von einem unbezähmbaren, beinahe krankhaf-
ten Mitteilungsdrang.

Von Kindesbeinen an war Valentin ein Klatschmaul
gewesen. Es gab kein Geheimnis, das er auch nur wenige
Stunden bewahren konnte. Keine vertrauliche Mittei-
lung, die nicht in kürzester Zeit die Runde machte. Dennoch mochten ihn die meisten Menschen. Er war niemand, der etwas hinter dem Rücken von anderen aus-
plauderte und später das Unschuldslamm spielte. Er
stand zu seiner Geschwätzigkeit, und selten konnte man
seinem entwaffnenden Lächeln lange widerstehen.

Ich lernte ihn in der Schule kennen, als er meine
damalige Freundin über unsere bevorstehende Trennung
unterrichtete. Sie machte mir eine Szene, und ich war
wütend auf Valentin. Ich sah aber schnell ein, dass er
mir eine unangenehme Aufgabe abgenommen hatte. Wir
wurden Freunde, und sind es noch heute – vierzig Jahre
später. Wir ergriffen ähnliche Berufe. Ich wurde nach
einigen Irrungen und Wirrungen Wissenschaftsjourna-
list, Valentin gründete ein Klatschblatt. Er hörte es lieber, wenn man *Society-Magazin* sagte, aber im Grunde
enthielt es nichts als Klatsch und Tratsch. In den ersten
Jahren war er sein einziger Mitarbeiter. Ich steuerte hin

und wieder unter einem Pseudonym den einen oder anderen Artikel bei, um zumindest ein Minimum an Seriosität zu gewährleisten. Ansonsten machte er alles allein. Er recherchierte, schrieb, fotografierte, entwarf das Layout, kümmerte sich um die Anzeigenkunden und überhaupt alles Finanzielle. Mit der Zeit stieg die Auflage, und er konnte professionelle Reporter und Fotografen einstellen. Sein Erfolgsrezept war seit unserer Kindheit dasselbe geblieben: Er hielt keine Information zurück, sondern veröffentlichte alles. Kein Gerücht, kein Detail, nichts blieb ungenutzt in seinem Archiv, wenn es erst einmal dort gelandet war. Er druckte Fotos von Prominenten in privatem Umfeld und vollkommen unbestätigtes Gerede. Dennoch hatte man immer ein wenig das Gefühl, dass er lediglich jemand war, der kein Geheimnis für sich behalten konnte. Seine einnehmende Art und sein gewinnendes Lächeln retteten seine Haut so manches Mal, wenn er von Personen vor Gericht gezerrt wurde, die ein anderes Verständnis von Vertraulichkeit als er besaßen.

Seine Geschäfte gingen gut. Erst kaufte er einzelne Publikationen auf, später ganze Verlage. An seinem vierzigsten Geburtstag war er einer der bedeutendsten Verleger des Landes. Wenige Wochen später erfuhr er die niederschmetternde Diagnose: ALS. Amyotrophe Lateralsklerose. Eine degenerative Erkrankung des Nervensystems. Unheilbar. Sie beginnt harmlos mit vereinzelten, unkontrollierbaren Zuckungen. Nach und nach werden immer mehr Muskelgruppen im Körper gelähmt. Es gibt zahlreiche Zwischenschritte, die bei jedem anders verlaufen, aber das Ende ist immer dasselbe: Die Atemmuskulatur wird gelähmt, der Patient erstickt. Manchmal dauert es nur wenige Monate, manchmal Jahre. Der Physiker Stephen W. Hawking lebt seit Jahrzehnten von ALS an einen Rollstuhl gefesselt und kann nicht mehr sprechen. Das war es, was Valentin am meisten ängstigte. Nicht, dass er nicht mehr gehen konnte, oder dass man ihn füttern musste. Auch der ihm bevorstehende Erstickungstod schien ihn nicht übermäßig zu schrecken. Aber die Fähigkeit zu verlieren, sich seiner Umgebung mitzuteilen, trieb ihn beinahe zur Verzweiflung. Prominente, die an einer seltenen Krankheit litten, gründeten für gewöhnlich Stiftungen, die sich mit der Suche nach Heilungsmöglichkeiten beschäftigten. Selbstverständlich vollkommen uneigennützig. Nicht so Valentin. Er finanzierte ein Forschungsprojekt, das sich mit neuen Formen der Kommunikation befasste. Es sollte Menschen ermöglichen, ihre Gedanken mitzuteilen, nachdem ihre Sprachmuskulatur nicht mehr dazu in der Lage war. Zwar waren bei ALS die Augen nicht oder kaum von der Lähmung betroffen, aber Valentin besaß nicht die Geduld, um über optische Vorrichtungen auf einen Bildschirm zu starren und so mühsam Wörter zu buchstabieren. Er investierte beinahe sein gesamtes Vermögen und engagierte Neurologen und Computerspezialisten, die nach der Meinung vieler an ihrem bisherigen Arbeitsplatz besser aufgehoben waren. Valentin ließ sich nicht beirren. Weder von seinen Kritikern, noch von den zahlreichen, nicht immer schmerzlosen Experimenten, die er über sich ergehen ließ.

Unsere jeweilige Arbeit hatte in den letzten Jahren nur noch wenige Schnittpunkte aufgewiesen, und so verloren Valentin und ich uns ein wenig aus den Augen. Als ich jedoch von seiner Erkrankung erfuhr, griff ich sofort zum Telefon. Wir unterhielten uns so lange, wie es sein Gesundheitszustand zuließ, aber leider konnte ich ihn nicht zu einem persönlichen Treffen bewegen. Vermutlich wollte er nicht, dass ich ihn im Zustand des Verfalls sah. Lange Zeit hörte ich nichts mehr von ihm. Die letzten Gerüchte, die mir über ihn zu Ohren kamen, besagten, dass er nicht einmal mehr in der Lage war, seine Finger zu bewegen. Umso überraschter war ich, als ich eines Tages eine E-Mail von ihm erhielt:

»Hidiho! Dachte, ich gebe mal Bescheid, dass es mich noch gibt. Bin wieder mit der Außenwelt verbunden! Komm doch mal vorbei, wenn du Zeit hast. Vergiss deinen Schreibblock nicht! Oder dein Diktiergerät, was immer du an altmodischem Gerät benutzt! Ich denke, da wäre eine gute Geschichte für dich drin! Eine seriöse noch dazu! Unglaublich, was? Würd mich riesig freuen, wenn du kommst! Gruß, V.«

Ich sagte alle anstehenden Verpflichtungen ab und vereinbarte mit jemandem, der sich als Valentins Privatsekretär bezeichnete, einen Besuchstermin.

Im Krankenhaus angekommen, erwartete ich ein luxuriöses, ruhiges Privatzimmer vorzufinden. Einen Ort der Stille. Weit gefehlt. Nachdem ich leise an die Tür geklopft hatte, trat ich ein und fand mich inmitten einer Meute von lärmenden Journalistenkollegen wieder. Sie wuselten durcheinander wie Ameisen, erhellten das Zimmer mit ihren Blitzlichtern und unterbrachen sich gegenseitig mit Fragen, die hin und wieder von einer metallischen Stimme beantwortet wurden. Mir gelang es schließlich, mich bis an Valentins Bett vorzukämpfen. Er sah gut aus. Sein Gesicht war ein wenig eingefallen, aber er war frisch rasiert, sein dünner Hals steckte in einem geschmackvollen, hellblauen Hemd, und die Kabel, die aus seinem Kopf ragten, waren so gut als möglich mit seinen Haaren verdeckt worden. Sein Körper lag vollkommen unbeweglich auf dem Bett, aber als ich näher trat, richtete er seinen Blick auf mich. Wie in Zeitlupe hob er seine rechte Hand einige Zentimeter vom Laken und spreizte zitternd seine Finger. Nach und nach verstummten die Anwesenden, und aus einem Lautsprecher, der über dem Kopfende des Bettes befestigt war, erklang die künstliche Stimme. Sie bat die Reporter, uns alleine zu lassen. Ein letztes Blitzlichtgewitter blendete uns, dann waren wir allein. Ich reichte Valentin meine Hand, und für einen Sekundenbruchteil erwiderte er den Druck.

»Ich freue mich, dass du kommen konntest. Entschuldige bitte den Massenauflauf. Ich konnte nicht widerstehen, der Menschheit zu erzählen, dass ich noch am Leben bin.«

»Eigentlich dachte ich, diese Ehre würde mir zuteil. Deswegen sollte ich doch kommen, oder?«

»Sei nicht beleidigt. Das waren ausschließlich Reporter von meinen Magazinen. Sie werden bunte Bilder veröffentlichen und berichten, dass ich gut esse, dass meine Krankenschwestern hübsch sind, und dass ich regelmäßig Stuhlgang habe. Sie werden veröffentlichen, was ich will, sonst nichts. Du wirst berichten, wie es dazu kam, dass ich mich überhaupt noch mitteilen kann. Du wirst in wissenschaftlichen Zeitschriften darüber schreiben, welches neue Wunder die Medizin erschaffen hat, und du wirst dabei sein, wenn wir versuchen, eine weitere Grenze einzureißen. Natürlich nur, wenn du möchtest.«

Ich mochte.

In den folgenden Stunden erläuterte er mir, welche Methode es ihm erlaubte, wieder sprechen zu können. Wenn *sprechen* der richtige Ausdruck dafür war. Valentins Lippen blieben die gesamte Zeit über geschlossen, während seine Kunststimme aus dem Lautsprecher drang. Lediglich an seinen Augenbewegungen konnte ich ablesen, dass er die Quelle jener Worte war. Noch heute bekomme ich manchmal eine Gänsehaut, wenn ich mir die Aufnahmen anhöre.

Die Methode, die bei ihm angewandt wurde, basierte auf der *Deep Brain Stimulation*, die bereits seit einigen Jahren bei Parkinson- und Komapatienten gewisse Erfolge gezeigt hatte. Dabei wurden den Patienten Elektroden in bestimmte Schaltzentren im Gehirn eingepflanzt. Sie sandten elektrische Impulse aus, um die Hirnareale, welche nicht mehr über die ursprünglichen Nervenenden mit dem Körper verbunden waren, zu stimulieren. Gleichzeitig fungierten sie als Empfänger, um jene Signale aufzufangen, die bisher im ALS'schen Nirwana versandet waren. Eine komplexe Software sorgte dafür, dass die Wellen, welche das Hirn sendete, mit minimaler Verzögerung in Sprache übersetzt wurden. Die Elektroden saßen nicht nur im Sprachzentrum, sondern auch an Stellen, an denen man den Ursprung dessen vermutete, was gemeinhin als Bewusstsein bezeichnet wurde. Das hatte zur Folge, dass Valentin manchmal Dinge über seine elektronischen Lippen kamen, die er eigentlich nicht aussprechen wollte. Vermutlich gab es keinen Menschen, den dies weniger gestört hätte als ihn.

Zu meinem Leidwesen erfuhr ich von Valentin, dass sein Zustand schlechter war, als es seine aufgesetzte Fröhlichkeit vermuten ließ. Die Krankheit hatte bei ihm einen untypischen Verlauf genommen. Er konnte zwar noch lächeln und die Finger seiner rechten Hand bewegen, aber die Lähmung seiner Lunge war bereits weit fortgeschritten. Einmal pro Stunde unterbrach uns ein Pfleger, um den Schleim aus Valentins Lungenflügeln zu saugen und die Dosierung der Antibiotika zu überprüfen. Es ging zu Ende. Und genau darüber sollte ich berichten.

»Ich nehme an, du kennst die Theorien über das, was mit einem geschieht, wenn man stirbt. Das bisherige Leben zieht an einem vorüber wie ein Film. Man sieht ein Licht am Ende des Tunnels. Gott erscheint. Was weiß ich, was noch alles? Aber woher will man das wissen?«

»Ich denke, diese Vorstellungen basieren auf den Berichten von Menschen mit Nah-Tod-Erfahrungen.

Menschen, die einige Minuten klinisch tot waren und dann doch wieder ins Leben zurückgeholt wurden. Es gibt einige sehr beeindruckende Erzählungen, wobei man natürlich nicht alles für bare Münze nehmen darf.«

»Nah-Tod-Erfahrung? Was würdest du von einem Reisebericht über Jamaika halten, der von jemandem verfasst wurde, der beinahe mal dort gewesen ist? Was soll ich mit einem Testbericht über einen Ferrari anfangen, wenn der Autor nur den Kotflügel berühren durfte? Was taugen Theaterkritiken, wenn der Rezensent in der Pause nach Hause gegangen ist? Nichts, null, nada!«

Ich war mir nicht sicher, auf was Valentin hinaus wollte, aber ich ahnte es, noch bevor er es aussprach.

»Ich werde diese Reise antreten. Und ich werde den Weg zu Ende gehen. Mir bleibt ohnehin nichts anderes übrig. Und ich werde durch diese Kabel, die meine Frisur ruinieren, bis zum Schluss mit der Außenwelt verbunden bleiben. Ich werde in der Lage sein, alles mitzuteilen, was ich sehe, höre und empfinde. Ungefiltert. Selbst wenn mein Sprachzentrum vollends versagt, werden meine Gedanken weiterhin übertragen werden. Du wirst in der Lage sein, durch die Augen eines Sterbenden zu sehen. Möglich, dass dabei nichts als Unsinn herauskommt. Vielleicht beginnt mein Hirn, Kinderlieder zu singen, sobald es nicht mehr mit Sauerstoff versorgt wird. Oder es wird in einer beinahe endlosen Schleife die Struktur der Zimmerdecke beschreiben, weil sie vermutlich das Letzte sein wird, was ich bewusst wahrnehmen werde. Möglicherweise werde ich aber auch Dinge sehen, die ein Lebender niemals zu Gesicht bekommt. Ich möchte, dass alles, was ich von mir gebe, veröffentlicht wird. Deine Aufgabe besteht darin, dies zu kommentieren und zu bewerten. Wenn sich die sogenannte seriöse Presse weigert, den Bericht zu drucken, wird dir jedes meiner Magazine offen stehen. Meinetwegen bring es in

Dralle Dinger! Das Blättchen könnte ohnehin einen etwas ernsteren Anstrich vertragen!«

Aus dem Lautsprecher kam ein künstliches Lachen, und Valentins Augen funkelten. Ich versprach ihm, seinen Wunsch zu erfüllen.

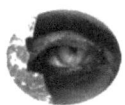

D ie kommenden Wochen verbrachte ich fast ausschließlich an Valentins Bett. Zusammen mit Dr. Finn, einem Neurologen, bereiteten wir das vor, was wir *die letzte Übertragung* nannten. Mit Hilfe eines Computerlinguisten namens Corbiere gelang es uns, Valentins Hirnwellen nicht nur in Sprache zu übersetzen, sondern auch Bilder seiner Gedanken zu erzeugen. Valentin dachte an einen Apfel, und auf dem Monitor erschien eine ebensolche Silhouette. Nach einigen Tagen Training erschien sogar das Apple-Logo. Valentin lächelte.

Wir zeichneten Valentins Hirnwellen im wachen Zustand und im Schlaf auf. Dabei stellten wir fest, dass wir tatsächlich in der Lage waren, seine Gedanken aufzuzeichnen, aber eben nur jene, die aus seinem Bewusstsein entsprangen. Alles, was seinen Ursprung in tieferen Schichten seines Gehirns hatte, verursachte lediglich ein Rauschen im Lautsprecher und strukturlose Datenströme. *White Noise*, pflegte Dr. Finn zu sagen. Das weiße Rauschen, das man aus alten Radiogeräten hörte, wenn kein Sender empfangen wurde.

Valentins Hirn sendete pausenlos und mit hoher Intensität. Die Frequenzen schienen sich jedoch permanent zu überlagern und gegenseitig auszulöschen, sodass wir kein verwertbares Ergebnis bekamen. Wenn Valentin schlief, bestanden 99% der Aufzeichnung aus *White Noi-*

se, selbst wenn er dem EEG zufolge viel und lange träumte. Da wir nicht wussten, aus welchem Teil des Gehirns die letzten Signale eines Sterbenden kommen würden, bestand Valentin darauf, dass man ihm weitere Elektroden implantierte. Der Eingriff war eine gewaltige Belastung für seinen geschwächten Körper, aber Valentin hielt uns sogar an, seine Gedanken während der Operation aufzuzeichnen.

»Wenn eure Auswertung das Bild eines Mannes zeigt, der sich vor Schmerzen krümmt, dann gebt diese Information gefälligst an den Anästhesisten weiter, damit er die Dosis erhöht!«

Die Operation verlief jedoch in doppelter Hinsicht erfolgreich. Valentin überlebte sie – was keine Selbstverständlichkeit war –, und die Elektroden nahmen ihre Arbeit auf, noch bevor Valentin aus der Narkose erwachte. Die übertragenen Bilder waren verschwommen und konfus, aber in diesem Zustand der Betäubung konnten wir nichts anderes erwarten. In den folgenden Nächten gelang es uns endlich, auch Valentins Träume aufzuzeichnen. Zum ersten Mal erlebte ich, dass Valentin etwas peinlich war. Wahrscheinlich würde es jedem so ergehen, wenn er mit dem vollen Umfang seiner unterbewussten Aufarbeitung von Problemen, Ängsten und sexuellen Fantasien konfrontiert würde. Valentin war lediglich ein wenig enttäuscht über die visuelle Darstellung seiner Albträume. Sein Gehirn erzeugte keine Abbilder von filmreifen Monstern, sondern begnügte sich meistens damit, abstrakte, aber dafür umso eindringlichere Angstgefühle zu erzeugen. Wir machten große Fortschritte und vergaßen darüber manchmal beinahe, auf was für ein trauriges Ziel wir eigentlich hinarbeiteten.

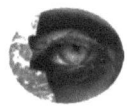

Schließlich war es so weit. Valentin wurde von Tag zu Tag schwächer. Er zeigte nur noch wenig Interesse an dem, was um ihn herum vor sich ging. Seine Lungen füllten sich schneller mit Flüssigkeit, als sie abgesaugt werden konnte, und die ganze Prozedur kostete ihn von Mal zu Mal mehr von seiner spärlichen Kraft. Wir bereiteten uns auf sein Ende vor. Zu Dr. Finn und mir gesellte sich zu meiner Überraschung ein Pfarrer. Meines Wissens war Valentin nie besonders religiös gewesen. Seine Kräfte schwanden, dennoch teilte er uns seine letzten Gedanken mit:

»Die größte, die wichtigste Frage der Menschheit lautet: Gibt es ein Leben nach dem Tod? Niemand ist der Antwort näher gekommen – bisher –, als wir es werden. Vielleicht. Falls es ...«, er zögerte. »Falls etwas hinter dieser Grenze existiert, werden wir es aufzeichnen. Gibt es dafür ein besseres Team als unseres? Ein Neurologe und ein Computerfachmann. Ein Pfarrer und ein Journalist. Und ein Sterbender. Danke! Ich bin gespannt.«

Das waren die letzten bewussten Worte, welche der Lautsprecher von Valentin übertrug. Er schloss die Augen, und auf den Monitoren konnten wir ablesen, wie seine Lebensgeister allmählich schwanden. Mit kalter wissenschaftlicher Präzision maßen die Geräte, wie sich das Volumen seiner ein- und ausgeatmeten Luft verringerte, wie die Durchblutung seiner Gliedmaßen stetig abnahm und wie sich sein Herzschlag verlangsamte. Allein das EEG, das Valentins Hirnwellen aufzeichnete, zeigte weiterhin rege Aktivitäten an. Schweren Herzens wandten wir uns von Valentin ab und nahmen unsere Plätze vor den Bildschirmen ein, welche die letzten Bilder übertragen sollten, die sein sterbendes Gehirn aussandte. Die Lautsprecher schwiegen, aber die Bildschirme erwachten zum Leben. Sie zeigten die rasche Abfolge von zahllosen Bildern. Viele konnten wir erst erkennen, nachdem wir sie später als Standbild betrachteten. Wir sahen uns selbst, Valentin als jungen Mann, andere Menschen, die ihm beruflich oder privat nahe gestanden hatten, und Valentin im Rollstuhl. Vor allem sahen wir zahlreiche attraktive Frauen, und ich schäme mich nicht dafür, dass ich eine Sekunde lang lächelte. Offensichtlich sah ein Sterbender sein bisheriges Leben nicht wie einen Film, sondern als Dia-Show. Keineswegs versuchte das Gehirn, *alles,* was es im Lauf seines Lebens aufgenommen und teilweise wieder vergessen hatte, ein letztes Mal zu rekapitulieren. Es waren selektive Eindrücke. Wir sahen Valentins Leben aus seiner Perspektive: die Abschlussfeier auf der Schule, Stationen seines Berufslebens und immer wieder kurze Einblendungen seiner Eltern und langjähriger Freunde. Die Abfolge war inzwischen so schnell, dass wir bestenfalls jedes zehnte Bild erkennen konnten. Irgendwann verschwammen sie so sehr, dass sie nur noch graue Flecken auf den Bildschirmen bildeten. Ich sah zu Valentin. Er lag vollkommen still, wie er es seit Monaten tat. Laut seinem EEG produzierte sein Gehirn weiterhin fleißig Wellen. Corbiere veränderte einige Einstellungen, konnte aber kein klares Bild bekommen.

»White Noise.«

»Black Noise.«

»Bitte?«

Dr. Finn stand an Valentins Bett. Er fühlte seinen Puls, hob ein Augenlid und überprüfte einige Geräte.

»Er zeigt keinerlei Vitalfunktionen mehr. Er ist tot. Wenn sein Gehirn noch immer Signale sendet, kommen sie nicht mehr aus dieser Welt.«

Die Geräte waren so programmiert, dass sie sich abschalteten, sobald sie keine aktiven Signale mehr von Valentin empfingen. Doch noch immer zeigten die Bildschirme graue Muster, die sich ständig veränderten.

»Er ist tot. Wenn sein Hirn jetzt noch Signale sendet, kann dies nur eines bedeuten: Er ist im Jenseits. Meine Herren, wenn dies kein Beweis für ein Leben nach dem Tode ist!«

Der Pfarrer hatte bisher geschwiegen oder leise gebetet. Jetzt war er aufgesprungen, und die Aufregung war ihm anzusehen. Dr. Finn überprüfte noch einmal, ob Valentin tatsächlich tot war. Nachdem er letzte Zweifel ausgeräumt hatte, setzte er sich zu mir und bedeutete auch dem Pfarrer, sich wieder zu beruhigen.

»Ich weiß nicht, ob dieses Signalrauschen tatsächlich von Valentin stammt. Vielleicht empfangen die empfindlichen Sensoren Störgeräusche. Aber wir sollten es uns zumindest ansehen, bevor wir voreilige Schlüsse ziehen.«

Wir starrten auf die Schirme und versuchten, in den Mustern Formen zu erkennen. Hin und wieder sah ich verstohlen zu Valentin. Sein Gesicht ähnelte dem einer Wachsfigur.

Unvermittelt knackte der Lautsprecher und warf eine Kaskade kaum verständlicher Wörter aus:

»Straße des Feuers ... der Würmer ... zu früh ... schwarze Engel ... an, auf, in mir ... geht ... kalt ... heiß ... heiß ... heiß ... Straße brennt ... frisst ... will mich nicht schlucken ... die Tiere ... Tentakel ... viele ... dunkle Sterne ... Schmerz ... Schmerz ... heiß ...«

Wir saßen wie versteinert, hatten aber keine Zeit, uns zu sammeln, da im selben Augenblick die Bildschirme wieder aufflammten. Die Dia-Show war zu Ende, und ein Film begann. Es war nicht alles klar zu erkennen, und es dauerte Tage, bis wir in der Lage waren, uns Teile der Aufzeichnung erneut ansehen zu können. Der Pfarrer verzichtete gänzlich darauf.

Die Bilder stürmten auf uns ein wie die Wellen einer Sturmflut. Was wir zu sehen bekamen, waren keine Erinnerungen aus Valentins bisherigem Leben. Es war eine Achterbahnfahrt durch die Hölle. Wir sahen unaussprechliche Dinge. Wir bekamen ein Potpourri menschlichen Leidens an Körper und Seele serviert. Während sein Körper unbeweglich und scheinbar friedlich in seinem Totenbett ruhte, wurde Valentin auf dem Bildschirm von riesigen Würmern zerrissen. Die blutigen Teile wurden von kleinen Kindern verspeist. Der Anblick von Milchzähnen, die sich in Valentins Fleisch gruben, brachte uns alle zum Würgen. Zwischen dem gemarterten Fleisch und dem Blut schien etwas der zerfetzten Leiche zu entweichen. Wie eine Motte, die aus einem brennenden Pelzmantel floh. Es war ein Schatten, der sich schließlich in einen farbig schillernden Schmetterling verwandelte. Er erhob sich aus dem blutigen Korpus und flatterte einige Sekunden über den Überresten der Leiche. Dann drängten zahlreiche gesichtslose Personen ins Bild. Eine von ihnen packte den Schmetterling, zerquetschte ihn in ihrer Faust und schleuderte ihn zu Boden. Der Schmetterling und die Leiche vereinigten sich wieder, aber was daraus hervorging, hatte keinerlei Ähnlichkeit mehr mit einem Menschen oder einem anmutigen Tier. Es sah aus wie eine gewaltige, kranke Fledermaus, der man einige Teile ihres Körpers abgerissen hatte. Sie erhob sich schwerfällig in die Lüfte. Mit jedem Flügelschlag konnte man das Knirschen ihrer morschen Knochen hören. Der Lautsprecher knackte und erfüllte die Luft des Krankenzimmers mit einem widerlichen Todesschrei. Es war ein Kreischen, als ob man tausend Tiere gleichzeitig zu Tode folterte. Es endete noch nicht einmal, als das Wesen in einem Bad aus glühendem

Stahl landete. Es zappelte und schlug verzweifelt mit seinen knochigen Flügeln, aber es gelang ihm weder, sich zu befreien, noch zu sterben. Ich weiß nicht, wie lange dieser Kampf dauerte. Vielleicht waren es nur einige Minuten, aber ich empfand es als eine stundenlange Marter. Irgendwann verschwamm das Bild, erlöste uns mit den altbekannten grauen Mustern, und das Kreischen erstarb. Noch immer produzierte Valentins Gehirn Signale, aber wir hielten Corbiere zurück, als er eine Neujustierung der Geräte vornehmen wollte. Wir hatten genug gesehen. Nicht genug. Zu viel. Wir saßen einige Zeit schweigend beieinander, dann schaltete Dr. Finn den Lautsprecher ab. Wir waren uns stillschweigend einig, dass was auch immer noch kommen würde, keinesfalls für die Nachwelt erhalten bleiben sollte. Aber es kam auch nichts mehr. Graue Schatten tanzten amöbengleich über die Schirme und verblassten. Die einzigen Geräusche im Raum waren unser gepresster Atem und das leise Schnattern eines Plotters, der Valentins letzte Gedankenfetzen auf Papier festhalten sollte. Corbiere ging zu dem Gerät, um es abzuschalten, doch er zögerte, als er den Papierbogen betrachtete. Er riss den letzten Ausdruck ab.

»Nur ein Witz.«

Seine Stimme zitterte.

»Das ist die letzte Nachricht: *nur ein Witz*. Sie wurde ein dutzendmal wiederholt. Alles nur ein Witz.«

Corbiere richtete seinen glasigen Blick abwechselnd auf den regungslosen Körper und den Drucker, der inzwischen nur noch unbeschriebenes Papier auswarf. Die Bildschirme schalteten sich automatisch ab. Ich habe nicht die leiseste Ahnung, was die anderen empfanden. Ich fühlte mich, als ob mein Blut erst schockgefroren und dann wieder langsam aufgetaut worden war. Etwas schien unter meiner Haut mein Rückgrat hoch zu krabbeln. Wir verabschiedeten uns leise von Valentin und verließen einer nach dem anderen das Zimmer, bis ich als letzter in der offenen Tür stand. Ich lächelte gequält in Richtung der erstarrten Leiche und winkte Valentin ein letztes Mal zu.

»Mach's gut, V! Wo immer du jetzt sein magst. Ich hoffe, dass es wirklich nur ein Witz war. Alles, alles Gute!«

Ich war schon beinahe draußen, als ein dumpfes Gefühl in meiner Magengegend mich ermunterte, einen Moment zu warten. Valentin lag unverändert da. Tot, kalt und regungslos. Alles Geld der Welt könnte mich nicht dazu bringen, es zu beschwören, aber ich glaubte beim Schließen der Tür zu sehen, wie die Bildschirme ein letztes Mal aufflackerten und eine Sekunde lang ein klares Bild zeigten. Das Bild eines Clowns, der mir die Zunge herausstreckte. Er schien die Gesichtszüge Valentins zu besitzen, und auch sein Lachen erinnerte mich an ihn. Ich wusste nicht, ob auch dies nur ein böser Scherz war. Und woher er kam. Oder von wem. Hatte mir Valentin aus einem Zwischenreich einen letzten Gruß geschickt? Oder war es der böse Scherz von dunklen Mächten, unter deren Einfluss Valentin nun stand?

Ich schloss die Tür und ging. Ich wusste nicht mehr, was ich glauben sollte und was nicht. Ich hoffte nur noch, dass mir eines Tages ein einfacher, schmerzfreier Tod beschieden sein würde. Ohne ein wie auch immer geartetes Nachspiel. Ein Leben war genug. Ein Ende ebenfalls. Ich wollte keinen Epilog. Und keine dummen Witze.

ENDE

José V. Ramos

Das Geheimnis seines Erfolgs

1.

C hristin Lehnhart hatte kaum die Tür zu ihrer kleinen Wohnung hinter sich geschlossen, als das Telefon klingelte. Sie ließ es in aller Ruhe klingeln, während sie ihre Tasche in einer Ecke der Diele abstellte. Sie
trat ihre Leinenturnschuhe in die andere Ecke, wo sie
unbeachtet bis zum nächsten Tag liegen bleiben würden.
Ihre Füße schmerzten gleich weniger, als sie barfuß ins
Wohnzimmer schritt. Auf der Arbeit war das Tragen von
schweren, klobigen Sicherheitsschuhen vorgeschrieben.
Das war bei den aktuell herrschenden Temperaturen in
der Halle die reinste Qual. Nach der Schicht hatte sie
keine Zeit verplempert und war sofort in ihre bequeme-
ren Schuhe geschlüpft. Sie wollte nur raus, nach Hause.
Die Spätschicht war im Sommer die reinste Hölle.

Das Mobilteil ihres Telefons lag auf der Glasplatte
des niedrigen Couchtisches, und der Klingelton schien
mit jedem Moment schriller und dringlicher zu werden,
je länger sie ihn ignorierte.

»Ich komm ja schon«, stieß sie genervt hervor. Wer
wollte um diese Uhrzeit noch etwas von ihr? Es war kurz
nach 23 Uhr, und sie war müde und abgespannt. Die
Hitze in der Werkhalle war wieder unerträglich gewesen.
Die Ventilatoren, die der Betriebsleiter an den Ferti-
gungsbändern aufgestellt hatte, wirbelten nur die heiße,
stickige Luft umher. Aber das allein brachte schon etwas

Erleichterung in der aufgeheizten Halle. Eine Klimaanlage wäre perfekt gewesen, aber das war bisher immer nur ein Wunschtraum geblieben. Sie hasste ihre Arbeit im Sommer, und während der anderen Jahreszeiten auch nicht viel weniger.

Sie nahm das Telefon vom Tisch und drückte den Empfangsknopf.

»Ja?« Ihre Stimme klang wie Kieselsteine, die in einer Waschtrommel gegeneinander reiben. Sie schluckte etwas Spucke, um sie etwas geschmeidiger zu machen.

»Hi, Süße! Kati hier.«

Katharina Beerwang war ihre beste Freundin. Sie kannten sich schon seit ihrer gemeinsamen Schulzeit in der Mörike-Hauptschule in Eibstetten und hatten den Kontakt nie abreißen lassen. Ein Grund dafür war sicherlich, dass sie es nie geschafft hatten, ihre kleine Heimatgemeinde am Fuße der Schwäbischen Alb zu verlassen. Nach der Hauptschule hatte Kati als Kassiererin im örtlichen Edeka-Markt gejobbt und gleich von Anfang an gutes Geld verdient. Sie fühlte sich wohl in dem Markt und in der Gemeinde und war in Eibstetten einfach hängen geblieben.

Christin Lehnhart hatte nach der Schule eine Lehre als Bürokauffrau angefangen und nach wenigen Monaten geschmissen, weil sie die Büroarbeit langweilte. Na ja, das war die Lüge, die sie sich und anderen erzählte, wenn man darauf zu sprechen kam. Tatsächlich war sie von den mathematischen Anforderungen während des ersten Lehrjahres einfach überfordert gewesen. Doch der kleine Betrieb am Rande von Eibstetten hatte sie behalten und ihr stattdessen einen Hilfsarbeiterjob am Fertigungsband angeboten. Mit Schichtzulagen und Überstunden hatte auch sie einen ordentlichen Verdienst zustande gebracht. Die letzten Krisenjahre hatten dem ein Ende gemacht. Überstunden waren die letzten fünf

Jahre so selten wie weiße Kaninchen auf den Streuobst-
wiesen im Umland von Eibstetten. Und die Schichtzulagen hatte man auch schon im ersten Krisenjahr kassiert.

Nur mit Hilfe von Kurzarbeit hatte der Betrieb seine
Belegschaft halten können. Ausscheidende Kollegen, die
sich in den wohlverdienten Ruhestand verabschiedeten,
wurden natürlich nicht ersetzt. Die Arbeit auf die verbliebenen Schultern verteilt. Aber das war mittlerweile
überall so. Nirgends bekam man etwas geschenkt. Ihren
Lohn musste sie sich jeden Tag hart verdienen. Und als
alleinstehende Frau war es manchmal doppelt schwer,
sich in der Männerdomäne eines Industriebetriebes
durchzusetzen.

Jetzt aber war endlich die Zeit für ihr wohlverdien-
tes Feierabendbier.

Sie ging mit dem Telefon am Ohr in die Küche und
nahm eine eiskalte Flasche Bier aus dem Kühlschrank.

»Was gibt's?«

Sie klemmte das Mobilteil zwischen Hals und Schulter und suchte in einer Schublade nach einem Flaschen-
öffner.

»Rat mal, wen ich heute an der Kasse getroffen habe? Da kommst du nie drauf!«

Die Erregung in der Stimme ihrer Freundin war am
anderen Ende der Leitung deutlich zu vernehmen.

Es gab eine Pause, als sie vorgab nachzudenken,
aber tatsächlich den Kronkorken von der Flaschenöff-
nung knipste. Sie war kein großer Freund von Rätseln.
Sie trank einen großen Schluck kaltes Bier und spürte
dem eisigen Strom in ihrer Kehle nach. Der Staub und
die Trockenheit des Tages wurden aus ihrem Rachen
gespült. Es war eine Wohltat.

Sie unterdrückte sanft ein Aufstoßen und sagte:
»Keine Ahnung. Einer deiner zahlreichen Ex?«

Christin konnte vor ihrem geistigen Auge deutlich sehen, wie Kati ihre Augen in den Höhlen rollen ließ, so wie sie es immer tat, wenn ihr etwas Offensichtliches nicht einfiel.

»Quatsch, Süße!«

»Du sollst mich nicht Süße nennen. Ich hasse das!«

»Tut mir leid!«

Sie ging mit der Bierflasche in der einen Hand und dem Hörer in der anderen zurück ins Wohnzimmer und ließ sich auf die schwarze Couch aus Kunstleder fallen, die in der Mitte des Raums stand. Ihre müden Füße landeten auf dem niedrigen Couchtisch, und sie atmete innerlich erleichtert auf. Den ganzen langen Arbeitstag hatte sie sich auf diesen Moment gefreut.

»Du hast noch einen Versuch«, lockte Kati sie am Telefon. Christin wurde der Geheimniskrämerei ihrer Freundin langsam überdrüssig.

»Jetzt sag schon!«

Sie hob die braune Bierflasche an die Lippen. Perlen aus Kondenswasser rannen über ihre Finger und tropften auf ihr verwaschenes, graues T-Shirt.

»Erinnerst du dich an Captain Speck?«

Christin Lehnhart ließ die Flasche in ihren Schoß sinken.

»Meinst du Speckie? Dieser schmuddelige Freak aus der Hauptschule? Wie hieß der doch gleich noch mal? Paul?«

Es war eine überflüssige Frage, denn sie erinnerte sich genau an Captain Speck oder Speckie, wie sie ihn auch in der Klasse genannt hatten.

»Genau«, bestätigte Katharina am Ende der Leitung. »Paul Nonnenmacher.«

Christin Lehnhart kramte unwillkürlich in ihren Erinnerungen herum, und einige lang verdrängte Bilder stiegen aus den dunklen Archiven ihres Gehirns empor.

»Ach du Scheiße ...« stieß Christin überrascht hervor.

»Paul Nonnenmacher. Der trug doch immer diese schwarzen T-Shirts mit Totenköpfen drauf und hörte diesen schrecklichen Krach. O mein Gott – ist er immer noch so fett wie damals? In den Pausen hat er sich immer die dick belegten Brote und Unmengen Süßigkeiten rein gestopft.«

Sie stieß ein freudiges Glucksen aus, als die Bilder in ihrem Kopf deutliche Konturen annahmen. Da war Paul Nonnenmacher, Speckie für seine mitfühlenden Klassenkameraden, mit seinem runden, teigigen Gesicht, das schwer von roten Aknepusteln gezeichnet war. Er war immer allein über den weitläufigen Pausenhof gestromert, während er sich aus einer immer gut gefüllten Frischhaltedose ständig Süßigkeiten in den nimmersatten Schlund schob. Oder er saß oft auch nur in einer Ecke des Hofes, vertieft in die Lektüre irgendwelcher Horror- und Fantasy-Romane. Hin und wieder lugte er hinter den zerlesenen Taschenbüchern hervor, um seinen in voller Pracht erblühenden Mitschülerinnen lüsterne Blicke zuzuwerfen. Paul Nonnenmacher war der Außenseiter ihrer Klasse gewesen. Sie glaubte, dass es Jörg Vogt gewesen war, der Paul in der 5. Klasse den Spitznamen *Captain Speck* verpasst hatte, wegen dessen jugendlicher Schwärmerei für Raumschiff Enterprise, Mr. Spock und seiner erschreckenden Fettleibigkeit.

Kati Beerwang schwelgte ebenfalls in Erinnerungen: »Er hat mir immer ganz unverschämt auf den Busen geschaut.« Sie lachte.

Christin stimme mit ein.

»Immerhin gab's bei dir auch ordentlich was zu glotzen.«

»Mach mal halblang«, ereiferte sich ihre Freundin. »Dich flachbrüstig zu nennen wäre ja auch eine himmelweite Untertreibung, oder?«

Beide Frauen lachten lauthals in ihre Telefonhörer, als sie sich an ihre pubertierenden Klassenkameraden und ihre verstohlenen Blicke auf ihre weiblichen Attribute erinnerten, die natürlich nicht unbemerkt geblieben waren.

»Ich hab das noch nie jemandem erzählt, aber in der Achten hat Speckie mich mal gefragt, ob ich mit ihm gehen will«, erinnerte sich Christin Lehnhart mit einem gruseligen Schauder.

Es war nachmittags auf dem Heimweg gewesen, nach der letzten Englischstunde. Paul hatte sie keuchend auf dem Gehsteig eingeholt, verschwitzt und dampfend in seiner grotesken Unförmigkeit. Seine Nähe war ihr unangenehm gewesen, aber sie hatte sie erduldet, da sie den gleichen Heimweg hatten und sie kein Unmensch sein wollte. Sie konnte sich an das anschließende Gespräch nicht mehr erinnern. Speckie hatte erst irgendwelche Belanglosigkeiten gestammelt, eine Ewigkeit rumgedruckst, bevor er sie mit hochrotem Kopf und krächzender Stimme fragte, ob Christin seine Freundin werden wollte. Daran konnte sie sich noch sehr gut entsinnen. Vor dem Hintergrund seiner geröteten Haut waren die weißen Eiterköpfe seiner Pickel besonders gut zur Geltung gekommen.

Christin hatte Ekel und Abscheu empfunden vor der Dreistigkeit des fetten Jungen.

»Und?«, fragte Kati. »Was hast du ihm gesagt?«

»Was soll diese Frage, Kati?«, antwortete Christin Lehnhart jetzt deutlich gereizt. »Du glaubst doch nicht im Ernst, dass Speckie bei mir eine Chance gehabt hätte, oder? Er war eklig, Kati!«

»Na ja«, entgegnete Kati nach einer kurzen Bedenkzeit. »Er hat sich heute Mittag jedenfalls sehr ausführlich nach dir erkundigt. Wollte wissen, wie es dir geht. Ob du verheiratet bist. Kinder.«

»Und was hast du ihm erzählt?«

»Die Wahrheit natürlich«, sagte Kati Beerwang und fügte dann hinzu: »Ich glaub, der ist immer noch in dich verknallt.«

»Komm, hör auf, Kati. Erzähl keinen Stuss.«

Beide Frauen brachen am jeweiligen Ende der Telefonleitung wieder in schallendes Gelächter aus.

Als das Lachen abebbte, fragte Christin: »Was macht er in Eibstetten? Ich hatte mal gehört, dass er in Berlin ist.«

Jetzt war es an Kati Beerwang, ihr geballtes, aktualisiertes Wissen an die Frau zu bringen.

»Er ist mit seinem Partner hier, um noch ein paar notarielle Angelegenheiten zu regeln. Seine Mutter ist doch vor ein paar Monaten verstorben. Er will das elterliche Haus verkaufen.«

Ganz entfernt erinnerte sich Christin daran, dass vor einigen Wochen im Gemeindeblatt und in der Tageszeitung der verstorbenen Anna Nonnenmacher gedacht worden war. Die Todesanzeige war schlicht gehalten gewesen. Doch etwas anderes erregte ihre Aufmerksamkeit. »Mit seinem Partner? Ist Speckie wegen Erfolglosigkeit bei den Frauen jetzt schwul geworden?«

Am anderen Ende prustete Kati Beerwang erneut lauthals los. Als sie sich wieder beruhigt hatte, stellte sie klar: »Mit seinem Geschäftspartner, hätte ich wohl besser sagen sollen!«

Christin nippte an ihrem Bier.

»Ach so.«

Sie blickte zu dem schwarzen Display des Flachbildschirms an der gegenüberliegenden Wand. Die Fernbedienung lag nicht weit von ihr zu ihrer Linken auf den Polstern der Couch. Das Gespräch mit Kati dauerte ihr schon wieder viel zu lang. Nach der Spätschicht wollte sie nur ihre Ruhe, gemütlich ein Bierchen trinken und sich etwas vom Nachtprogramm berieseln lassen, bis das rauschende Adrenalin in ihrem Körper abflaute und sich die nötige Bettschwere einstellte. Es juckte sie, die Fernbedienung zu nehmen und den Fernseher einzuschalten. Etwas optische Ablenkung konnte nicht schaden, während Kati ihr Gehör in Beschlag nahm. Sie streckte ihre Hand langsam aus und ließ sie abrupt in der Luft stehen.

»Was?«, fragte Christin plötzlich. Irgendein Teil von Katis Erzählung hatte ihre abschweifende Aufmerksamkeit plötzlich wieder einfangen können. »Wiederhol das bitte!«

»Du hörst mir nicht zu, Süße«, entgegnete Kati aufgebracht. »Ich kann das spüren. Durch das Telefon durch! Was machst du nebenher? Die Glotze?«

Verdammt, Kati hatte sie mal wieder erwischt. Sie wusste, dass das unhöflich war und von einer schlechten Kinderstube zeugte. Dennoch passierte es ihr immer wieder, dass sie während langatmiger Telefonate oder Gespräche in Gedanken abschweifte.

»Nein«, log Christin mit der nötigen festen Überzeugung in der Stimme. »Ich hör dir zu. Ich war nur grad etwas abgelenkt.«

Kati quittierte die offensichtliche Lüge ihrer Freundin mit einem Schnauben.

»Na gut«, nahm sie den Gesprächsfaden wieder auf. »Wir sind eingeladen, habe ich gesagt. Speckie und sein Geschäftspartner wollen uns beide am Samstag groß zum Essen ausführen. Nach Stuttgart, in ein Sternerestaurant.«

Christin konnte dem Gehörten weiterhin keinen Glauben schenken und musste nochmals nachfragen.

»Du hast schon richtig gehört«, bestätigte Kati Beerwang ihrer verdutzten Freundin. »Du hast doch am Samstag nichts vor, oder?«

»Nicht, dass ich wüsste, aber …«

»Kein aber, Süße«, unterbrach Kati ihre Einwände. »Am Samstag gehen wir mit den beiden aus und machen hinterher unsere Landeshauptstadt unsicher.«

Christin Lehnhart spürte, wie sich eine kalte Eisenfaust um ihren Magen legte und so fest zudrückte, dass ihr übel wurde. Der Gedanke, mit ihrer Freundin Kati und einem ehemaligen Klassenkameraden, zu dem man die letzten zwanzig Jahre keinen Kontakt gehabt hatte, und dessen unbekanntem Geschäftspartner einen gemeinsamen Abend zu verbringen, behagte ihr ganz und gar nicht. Sie war das letzte Mal vor knapp einem halben Jahr mit einem Mann aus gewesen. Und das war in einer einfachen Kneipe gewesen, mit der Möglichkeit, Darts zu spielen.

»Ich weiß nicht, Kati«, druckste Christin herum. »Ich steh nicht besonders auf Schicki-Micki-Schuppen.«

»Mein Gott, stell dich nicht so an«, ermahnte sie Kati. »Das könnte unser Jackpot sein. Unsere Fahrkarte in ein besseres Leben, wenn wir uns nicht blöd anstellen.«

Christin runzelte die Stirn, aber niemand war da, um ihren Gesichtsausdruck wahrzunehmen.

»Wie meinst du das?«

»Hör zu, Süße«, sagte Kati und senkte die Stimme um eine verschwörerische Nuance. »Aus Paul ist mittlerweile ein wirklich attraktiver Mann geworden. Er ist kein Fleischklops mehr. Er ist schlank und durchtrainiert, und er sieht echt gut aus. Und ich meine richtig gut. Verstehst du mich?«

»Ja, ja, ich verstehe dich. Worauf willst du hinaus?«

»Ich hab nach der Arbeit im Internet etwas über Paul recherchiert.«

»Was? Du hast ihn gestalkt? Ich glaub's nicht!«

»Hör zu, Christin. Paul ist Multimillionär.«

»Du nimmst mich auf den Arm!«

»Nein, du kannst es selbst nachprüfen. Er hatte wohl eine kleine Firma in Berlin, die Software für Computer entwickelt hat. Und vor einigen Jahren hat er aus einer Laune heraus eine Smartphone-App programmiert, die zum Renner wurde. Irgendein Konzern wurde aufmerksam auf seine Firma und hat sie ihm für viele Millionen Euro abgekauft!«

Jackpot?, fragte Christin sich ungläubig. Dem provinziellen Mief von Eibstetten und dem täglichen Trott am Förderband der Fabrik zu entkommen – das war seit Jahren ihr Traum, dem sie aber keinen Schritt näher gekommen war. Stattdessen schien er jeden Tag unerreichbarer für sie. Das Leben und seine vielen Zwänge hatten ihr den Traum längst ausgetrieben und nur noch graue Ödnis in ihr hinterlassen.

Aber mit Paul Nonnenmacher? Paul, der in ihren Gedanken und Erinnerungen noch immer der grotesk fettleibige Junge war, der sich hinter Schundromanen und dem scheppernden Kopfhörer seines Walkmans vor der Ablehnung der Welt versteckte. Der Paul, der es wagte, sie am helllichten Tag zu fragen, ob sie mit ihm gehen wollte. Damals hatte sie sich noch in einer anderen, moralisch höheren Kategorie als Paul gewähnt. Sie war die Prinzessin gewesen, die sich weigerte, den Frosch zu küssen. Aber das lag viele Jahre zurück, und die Wirklichkeit hatte ihr jedwede Flausen und Überheblichkeit aus der Jugend längst ausgetrieben. Und wenn sie ihrer Freundin Kati jetzt Glauben schenken konnte, war der Frosch zum schönen Prinzen mutiert, verschlankt und vermögend und immer noch nach ihr verlangend.

Sie wägte ab. In Christins Kopf wirbelten die Gedanken umher wie Laub, das der Herbstwind in einen Hauseingang getrieben hat. Dann fasste sie sich ein Herz.

»Gut, ich bin dabei!«

»Großartig, Süße«, freute sich ihre Freundin am anderen Ende der Leitung. »Sei am Samstag um sieben bei mir, und sei bitte pünktlich. Zieh dir etwas Schnuckeliges an, es soll heiß bleiben, und dann läuft die Sache. Du wirst es nicht bereuen. Glaub mir! Wir dürfen das nicht vermasseln! Hast du verstanden?«

Christin Lehnhart nickte unbewusst, ohne zu bemerken, dass Kati Beerwang kilometerweit entfernt in ihrer Wohnung saß und sie nicht sehen konnte.

»Verstanden, ich werde da sein und werde es nicht vermasseln! Versprochen.«

Das Gespräch war beendet. Christin Lehnhart trank ihr Bier aus, ging ins Bad und hinterher schnurstracks ins Bett, wo sie ihren Erinnerungen nachhing und irgendwann, ohne ein gutes Gefühl im Bauch zu haben, endlich einschlief.

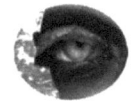

2.

E s war eine laue Sommernacht, und sie fuhren im offenen Audi-Cabrio über die vierspurig ausgebaute Bundesstraße 10 Richtung Ulm, zurück nach Eibstetten. Der Fahrtwind zerrte und zog an Christin wie ein entfesselter Dämon, und sie konnte nicht verhindern, dass sie fröstelte und sich eine Gänsehaut auf ihren nackten Armrücken bildete. Sie saß vorn neben Paul, eingefasst in einem lederbezogenen Sportsitz und ließ den Abend Revue passieren.

Sie war pünktlich bei Kati gewesen, und auch die beiden Männer waren zur vereinbarten Uhrzeit aufgetaucht. Danach waren sie in Pauls Nobelkarosse mit den vier Ringen am Kühlergrill nach Stuttgart gefahren. Paul hatte sie mit seinem Geschäftspartner Wolf Luzon bekannt gemacht. Ein Vertreter der Sorte Mann, dem das Testosteron sprichwörtlich aus allen Poren drang. Kati hatte sich an die besprochene Rollenverteilung gehalten und mit Luzon angebandelt. Was ihr nicht sonderlich schwer gefallen war. Luzon war ein großer, muskulöser Enddreißiger, der aber gut und gerne zehn Jahre jünger wirkte. Er hatte eine schulterlange ungebändigte Löwenmähne und einen gestutzten Backenbart, der Christin an den Schauspieler Hugh Jackman aus den X-Men-Filmen erinnerte.

Das Einzige, was nicht zu dieser offen zur Schau getragenen Wildheit passte, war der maßgeschneiderte, stahlgraue Anzug. Christin fand, dass ein knapper Lendenschurz typgerechter und ausreichend gewesen wäre. Ihr erster Eindruck von Luzon war gewesen, dass er ein arrogantes Arschloch war. Der Typ Mann, den sie gar nicht abkonnte, der dafür aber genau Katis Kragenweite zu sein schien.

Paul nahm eine Hand vom Lenkrad und legte sie ihr auf die Schulter.

»Alles in Ordnung?«, rief er zu ihr rüber. »Da hinten liegt meine Jacke. Nimm sie, wenn dir kalt ist.«

Sie spürte die Nachwehen der vielen Cocktails, die sie in der Beach Lounge, irgendwo in Stuttgarts Westen, viel zu schnell hinuntergestürzt hatte. Leichte Kopfschmerzen drückten ihr gegen die Schläfen. Ihr Hals war trocken, und sie spürte ein unbändiges Verlangen nach einem Glas kaltem Wasser.

»Nein«, rief Christin ihm zu. »Geht schon.«

Trotzdem wandte sie sich zum Fond des Wagens um, wo Kati und Wolf Luzon auf etwas beengtem Raum aufeinander saßen und einen Heidenspaß miteinander zu haben schienen.

Der Fahrtwind rauschte in Christins Ohren und verhinderte, dass sie dem Gespräch zwischen den beiden folgen konnte. Aber sie war nicht blind und konnte erkennen, dass ihre Freundin dem Mann deutliche Avancen machte. Kati lachte laut, als Wolf ihr etwas ins Ohr flüsterte und seine Hand auf ihrem nackten Oberschenkel platzierte, knapp vor dem Rocksaum. Wolfs Lippen streiften Katis Hals kurz, als er seinen Kopf wieder zurücknahm. Wolf schaute nach vorn, und sein durchdringender Blick traf auf den Christins. Wolf schenkte ihr ein maliziöses Zähnefletschen, das nur entfernt als Grinsen zu deuten war. Christin kam ein Raubtier in den Sinn, eins, das sich sicher ist, dass niemand ihm die Beute streitig machen wird. Wolf machte seinem Vornamen alle Ehre. Christin Lehnhart schauderte und drehte sich in ihrem Sitz schnell wieder nach vorn.

»Hast du die Jacke?« Paul nahm den Blick kurz von dem schwarzen Band der Straße, das die Scheinwerfer vor ihnen aus der Dunkelheit schnitten.

»Alles in Ordnung, danke«, erwiderte Christin und presste ihre Kiefer fest aufeinander, um ein Klappern zu verhindern.

»Hat dir der Abend gefallen?«, fragte Paul und schenkte ihr ein breites Lächeln.

Christin starrte zu ihm rüber.

»Ja, es war wundervoll. Ich kann mich nicht erinnern, wann ich das letzte Mal so vornehm ausgeführt wurde. Danke nochmals.«

»Nicht der Rede wert«, wiegelte Paul ab. »Ich wollte dich unbedingt mal wieder sehen. Nach all den Jahren. Ich hatte jahrelang das Gefühl, dass wir beide noch etwas zu klären haben.«

Sie schob sich tiefer in die Ledersitze des Wagens.

Paul legte ihr eine Hand auf den verschränkten Oberarm.

»Alles in Ordnung?«, fragte er noch einmal. »Du wirkst etwas angespannt.«

»Nein, es ist alles gut«, wiegelte Christin mit etwas gereiztem Unterton ab. »Es war ein langer Tag, und ich bin einfach nur müde. Ich freu mich jetzt einfach auf mein Bett.«

Paul schaute sie etwas erstaunt an: »Ich dachte, wir fahren noch zu meinem Elternhaus und trinken einen Absacker. Du kannst dort auch gerne schlafen. Wir haben genug Gästezimmer.«

»Sei mir nicht böse, Paul«, sagte Christin. »Aber ich glaub, ich möchte nur noch nach Hause.«

Kati legte ihr die Arme von hinten um den Hals.

»Ach komm, Süße«, bettelte sie. »Sei keine Spielverderberin. Lass uns noch zu Paul fahren. Wir können dann zusammen heimlaufen, wenn du nicht übernachten willst.«

Christin bemerkte, wie sie instinktiv ihre Schmollmiene aufsetzte. Das machte sie immer, wenn ihr irgendwas gegen den Strich ging. Ja, sie konnte sich vorstellen, dass Kati noch etwas Spaß mit Wolf haben wollte, der den ganzen Abend eine unbändige sexuelle Kraft ausgestrahlt hatte und sich unverblümt an sie rangemacht hatte. Sie hatte selten einen Mann getroffen, der so unerschütterlich in seiner Männlichkeit ruhte. Es war von Anfang an offensichtlich gewesen, dass beide Männer eine Übereinkunft hatten, wer sich um welche Frau zu kümmern hatte.

Paul war den ganzen Abend über ein charmanter Gesprächspartner gewesen. Sie hatte die ganze Zeit seine ungeteilte Aufmerksamkeit gehabt. Und Kati hatte nicht gelogen, als sie während ihres Telefonats Pauls positiv veränderte Physis erwähnt hatte. Der neue Paul Nonnenmacher hatte nicht im Entferntesten etwas mit dem alten Paul Nonnenmacher gemein, der noch immer in ihren Jugenderinnerungen präsent war. Sein glattrasiertes Gesicht zeigte erstaunlicherweise keine Spuren von Aknenarben. Das volle, halblange Haar war streng nach hinten gekämmt und zu einem kleinen Pferdeschwanz zusammengebunden. Das ließ ihn zwar etwas schmierig und dandyhaft erscheinen, aber nicht unattraktiv. Und er wirkte in seinem Anzug schlank und durchtrainiert. Wie er beim Abendessen nicht ohne Stolz erwähnt hatte, steckten jahrelanges hartes Training und Selbstkasteiung in seinem rundum erneuerten Körper. Es gab keine Spuren mehr vom fünfzehnjährigen, fettleibigen Paul aus seiner Jugend. Er hatte ihn erfolgreich und vollständig ausgemerzt.

Nur nicht in Christins Kopf, wo er immer noch der widerliche Typ mit den Totenkopfshirts und dem furchtbaren Musikgeschmack war, der ihr unverblümt auf den Busen starrte, wenn sich die Gelegenheit im Unterricht bot. Immer wenn sie ihn an diesem Abend angeschaut hatte, hatte ihr Verstand die Bilder aus ihrer Erinnerung hervorgekramt und sie über diese verbesserte Version von Paul Nonnenmacher projiziert. Es war wie eine verdammte dauerhafte Doppelbelichtung gewesen, die sie nicht hatte abstellen können.

Christin war kein naives Dummchen. Sie wusste, dass dieser tolle Abend nur dem Zweck diente, sie in Paul Nonnenmachers Bett zu kriegen. Er hatte noch eine Rechnung mit ihr offen, die er heute unbedingt begleichen wollte. Wollte er sich beweisen, dass er seine Jugendliebe, die ihn vor vielen Jahren verschmäht hatte, doch noch herumkriegen konnte? Mittlerweile war er zwar attraktiv und reich und wortgewandt; alles Attribute, die ihn für die Frauen dieser Welt interessant machten, aber Christin verspürte beim Gedanken, mit Paul ins Bett zu steigen und mit ihm zu schlafen, eine unbestreitbare körperliche Abwehrreaktion.

Vermassel es nicht, schossen ihr Katis Worte am Telefon durch den Kopf. Paul könnte die Fahrkarte in ein besseres, spannenderes Leben sein, wenn sie sich nicht so verklemmt anstellte. Sie hatte nie viel Glück mit den Männern gehabt, die sie in ihrem Leben kennengelernt hatte. Selten war etwas Dauerhaftes aus ihren Bekanntschaften erwachsen. Und sie musste sich eingestehen, dass sie schon mit schlimmeren Typen in der Kiste gewesen war, aus purer Verzweiflung, aus Langeweile und auch aus Angst. Es gab viele Gründe, um mit Männern zu schlafen. Liebe war bisher nie einer davon gewesen. Komisch, dachte sie in diesem Moment, sie war noch nie richtig verliebt gewesen. Immer zu wählerisch, wie ihre Mutter meinte. Nie bereit, die Unzulänglichkeiten der Anderen zu akzeptieren.

Was hatte sie heute Nacht schon groß zu verlieren? Ihre Selbstachtung hatte sie schon vor Jahren verloren.

Sie spürte Katis Arme um ihren Hals, die schwer wie Mühlsteine auf ihr lasteten. Sie fasste die Hände ihrer Freundin, drückte sie fest und willigte schließlich ein: »Okay, bin dabei!«

Kati drückte ihr vor Dankbarkeit einen feuchten Kuss auf die Wange und ließ sich wieder in den Fond des Wagens fallen, wo die muskulösen Arme von Wolf Luzon sie erwarteten.

Paul stieß einen Freudenschrei aus. Der Fahrtwind riss ihn ihm von den Lippen und trug ihn hinaus in die morgendliche Dunkelheit. Der Motor des Cabrios gab ein knurrendes Fauchen von sich, als er das Gaspedal durchdrückte und der Wagen wie ein entfesseltes Wesen aus der Hölle mit der ganzen in ihm verborgenen Macht nach vorn in die Finsternis schoss.

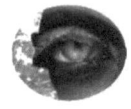

3.

*K*urz vor 5 Uhr morgens erreichten sie endlich Eibstetten. Im Osten kündigte sich bereits ein weiterer heißer Sommertag mit einem blau-violetten Streifen am wolkenlosen Horizont an. Der Audi fuhr mit viel zu hoher Geschwindigkeit durch die stille Ortschaft, die noch in frühmorgendlicher Starre verharrte. Einige Straßenlampen malten helle Kreise auf den grauen Asphalt, leuchteten ihnen den Weg entlang der Hauptstraße. Die meisten waren jedoch ausgeschaltet.

Aus einigen Häusern am Straßenrand drang hinter den zugezogenen Gardinen bereits matter Lichtschein aus den Fenstern. Christin fragte sich erschöpft, wie man am Wochenende so früh schon auf sein konnte. Wenn sie heute irgendwann ins Bett kommen sollte, gedachte sie den ganzen restlichen Sonntag zu verschlafen. Sie fühlte sich hundemüde.

Paul Nonnenmacher lenkte den Wagen wieder etwas hinaus aus Eibstetten, denn sein Elternhaus lag etwas außerhalb am Rande des Ortes. Sie hatten während der übrigen Fahrt nicht mehr viel geredet.

Kati und Wolf Luzon waren fast die ganze Fahrt über intensiv mit sich selbst beschäftigt und hatten irgendwann mit dem Austausch von Zärtlichkeiten begonnen, was sich rasch in wildes Geknutsche und Gefummel steigerte. Christin hatte auf dem Beifahrersitz die Geräusche aus dem Fond geflissentlich ignoriert.

»Die beiden scheinen Spaß zu haben«, hatte Paul irgendwann während der kurvenreichen Fahrt über die Landstraße angemerkt. Ja, dachte Christin, das ist nicht zu überhören.

Nach einer letzten Kurve tauchte die dunkle Silhouette des Nonnenmacher-Hauses aus der Dunkelheit auf. Es war immer noch das letzte Haus an der Ausfallstraße und von einigen wilden, unbebauten Wiesen vom nächstgelegenen Haus getrennt. Das alte Hexenhaus, erinnerte sich Christin. So hatten sie und ihre Freunde das Haus in ihrer Kindheit genannt, wenn sie mittags um die Häuser des Ortes gezogen und manchmal über die Gartenzäune geklettert waren und Streiche gespielt hatten. Um das Haus der Nonnenmacher hatten sie meist einen weiten Bogen gemacht. Die Familie hatte im Dorf schon immer einen eigenartigen Ruf genossen. Sie waren als Sonderlinge und Außenseiter verschrien. Nicht von ungefähr schien das kleine Haus mit der roten Backsteinfassade etwas abseits des Dorfes errichtet worden zu sein, als wollten die Nonnenmacher partout nicht zur Gemeinschaft gehören. Paul Nonnenmacher hatte auch nie zum engen Kreis ihrer Jugendfreunde gehört, war immer der Einzelgänger gewesen. Im Kindergarten, in der Grund- und Hauptschule.

Der Audi kam vor dem Haus zum Stehen. Eine hohe, etwas ungepflegt wirkende Hecke schützte das Anwesen vor zu vielen neugierigen Blicken. Ein kleines Eisentor versperrte den Zugang. Es gab keine Garage. Paul stellte den Wagen auf der Straße ab, und sie stiegen aus.

»Willkommen in meiner bescheidenen Hütte«, witzelte Paul, als er das Tor seinen Gästen aufhielt. Christin folgte Kati, die sich eng umschlungen an Wolfs kräftige Gestalt schmiegte. Vom Tor führte ein gerader Weg aus Steinplatten zu einer kleinen Treppe, die zur Haustür hoch führte. Sie blieben am Fuß der dreistufigen Treppe stehen und ließen Paul vorbei, der die Tür aufschloss und alle hinein bat. Hinter der Tür schloss sich ein längerer Gang mit einer Garderobe an. Paul knipste das Flurlicht an, und Christin verzog angesichts der plötzlichen Helligkeit, die über sie hereinbrach, das Gesicht. Rechts von ihr befand sich ein weiterer Treppenaufgang, der in den ersten Stock führte. Die Treppe bestand aus dunkel lackiertem Holz.

Paul ging voraus und winkte seinen Gästen, ihm zu folgen.

»Da vorn ist das Wohnzimmer«, sagte Paul. »Macht es euch bequem. Was darf ich euch zu trinken anbieten? Ich habe Wein und Bier da. Was ihr wollt!«

»Paul«, bemerkte Wolf mit seiner sonoren, tiefen Stimme und zog Kati in seine Umarmung hinein. »Ich glaub, Kati und ich ziehen uns zurück und lassen euch beide besser allein. Ist das OK für euch?«

Paul Nonnenmacher grinste seinen Geschäftspartner breit an und machte eine Geste mit den Händen, die deutlich machte, dass er mit diesem Vorschlag kein Problem hatte.

»Nur zu, ihr zwei Turteltäubchen. Du weißt ja, wo das Gästezimmer ist.«

»Ich kenn den Weg«, lächelte Wolf und schob Kati langsam zur Holztreppe und die ersten Stufen hinauf. Christin verschränkte die Oberarme vor ihrer Brust und schaute ihrer Freundin wenig glücklich hinterher, wie sie die Treppe in den ersten Stock hochstieg. Wolf folgte ihr, die Hände locker um Katis Taille gelegt. Im ersten Stock brannte kein Licht, und irgendwann verschluckte die Finsternis die beiden beim Hinaufsteigen.

Christin hörte Kati oben laut kichern, als Wolf ihr etwas zuflüsterte. Dann fiel eine Tür mit einem lauten Knall ins Schloss.

»Komm!« Paul nahm Christin sanft am Arm und lenkte sie in das unbeleuchtete Wohnzimmer im hinteren Teil des Erdgeschosses. Paul knipste auch hier die Beleuchtung an. Ein altmodischer Kronleuchter hing von der holzgetäfelten Decke. Die Hälfte der Fassungen war leer. Die restlichen Glühbirnen verströmten einen kränklichen gelben Schein. Christin schaute sich um. Als Kind hatte sie sich oft gefragt, wie es wohl im Innern des Hexenhauses der Nonnenmacher aussehen würde. Ihre Phantasie hatte die wildesten Purzelbäume geschlagen, um sich das irgendwie auszumalen. Nun stellte sie enttäuscht fest, dass die Wohnungseinrichtung alt und betagt war und ganz gewöhnlich wirkte. Für ihren Geschmack war zu viel rustikale Eiche in diesem Raum versammelt, was die bescheidenen Dimensionen des Wohnzimmers noch enger wirken ließ. Es war ganz deutlich zu sehen, dass an der Inneneinrichtung die letzten dreißig Jahre nicht viel verändert worden war.

»Setz dich«, sagte Paul und schob Christin zu einem schweren Sessel aus dunklem Eichenholz, der mit einem weiteren Sessel und einer ausladenden Couch in kleinbürgerlicher Eintracht um einen niedrigen Couchtisch platziert war.

»Was darf ich dir noch zu trinken bringen?«

Christin setzte sich in den Sessel. Trotz des offensichtlichen Alters des Mobiliars war das Polster des Sessels stramm und fest und in keiner Weise abgewetzt, was für die Qualität der Möbel sprach.

»Ich nehm noch ein Bier«, sagte sie, obwohl sie eigentlich gar keinen großen Durst mehr hatte. Sie hatte den ganzen Abend lang genug getrunken.

»Mach's dir bequem. Bin gleich wieder da.«

Paul Nonnenmacher ging durch die einzige Tür des Raumes wieder hinaus in die Diele und bog rechts in die Küche ab. Während Christin auf ihren Gastgeber wartete, wanderten ihre Blicke durch das Wohnzimmer.

Ihr gegenüber befand sich eine massive Schrankwand, in der allerlei Zinnteller und Krüge ausgestellt waren. Mitten im Schrank war ein großer, betagter Röhrenfernseher integriert, und kurz schoss ihr ein Bild durch den Kopf: Sie sah die ganze Familie Nonnenmacher samstagabends um das Fernsehgerät versammelt, beim Betrachten einer der großen Abendshows für die ganze Familie, die in den Achtzigern noch ein Millionenpublikum erreichten.

In ihrer Vision war das Licht im Wohnzimmer aus, und der totenbleiche Schein, der aus dem flackernden Fernsehschirm strömte, tauchte die Gesichter der Nonnenmachers in eine gespenstisch wächserne Starre.

Paul kam zurück und reichte ihr das bestellte Bier. Es war eiskalt, genauso wie sie es am liebsten mochte.

»Willst du ein Glas?«, fragte Paul, als er sich auf die Couch fallen ließ und so genau zu Christins linker Seite saß.

»Ich trink mein Bier am liebsten aus der Flasche«, antwortete sie und hob die Öffnung der Flasche an ihre Lippen. Paul hatte sich ein Glas Weißwein mitgebracht.

»Prost!«

Nachdem beide an ihren Getränken genippt hatten, trat eine betretene Stille zwischen ihnen ein. Vom ersten Stock waberte gedämpfte Musik zu ihnen in das Wohnzimmer hinab, und hin und wieder war auch Gelächter darunter gemischt. In diesem Moment beneidete Christin ihre Freundin, die offensichtlich Spaß mit Wolf hatte und nicht verkrampft nach einem Konversationsthema suchen musste.

Schließlich räusperte sich Christin verlegen und sagte: »Das mit deiner Mutter tut mir leid. Ich habe es aus dem Gemeindeblatt erfahren.«

Sobald die Worte aus ihrem Mund gekommen waren, bereute sie diese und schalt sich innerlich einen unsensiblen Dummkopf.

Was fiel ihr ein, die matte, frühmorgendliche Stimmung mit einer Anmerkung über Pauls tote Mutter komplett in den Keller sausen zu lassen?

Doch Paul nahm es ihr offensichtlich nicht übel.

»Das muss dir nicht leidtun, Christin«, entgegnete er ganz gelassen, und Christin atmete innerlich auf.

»Sie war eine alte, bösartige Frau, deren Zeit einfach abgelaufen war. Ich hatte die letzten zwanzig Jahre keinen Kontakt mehr zu ihr. Meine Kindheit und Jugend waren schrecklich hier in Eibstetten, und der größte Teil davon war ihre Schuld. Sie war genau die Hexe, als die sie im Dorf immer verschrien war. Mein Vater hat das irgendwann nicht mehr ausgehalten und ist eines Abends vom Zigarettenholen nicht mehr zurückgekommen. Hat sich einfach aus dem Staub gemacht, dieses feige Schwein. Er hat mich einfach allein mit ihr zurückgelassen. Das habe ich ihm nie verziehen. Aber ich bin nicht besser als er gewesen. Als ich den Abschluss und die Lehrstelle in Ulm sicher hatte, bin ich einfach abgehauen und hab nie wieder zurückgeschaut. Bis die Nachricht ihres Todes mich erreichte. Das war wie eine Befreiung für mich.«

Betretenes Schweigen. Das enge Wohnzimmer schien nach diesen Worten noch bedrückender auf ihnen zu lasten.

Christin führte die Bierflasche verlegen an ihre Lippen. Das Bier schmeckte plötzlich besonders bitter in ihrem Mund, als sie sich zurückerinnerte. In ihrer Jugend war sie oft nachmittags nach der Schule mit ihren damaligen besten Freunden Jörg Vogt und Claudia Keller durch das kleine beschauliche Dorf Eibstetten gezogen, aber um das Nonnenmacher-Haus hatten sie meist einen großen Bogen gemacht. Die alte Hexe, wie sie Pauls Mutter immer nur genannt hatten, war ihnen nie geheuer gewesen. Manchmal, wenn Jörg ganz mutig war und sie angestachelt hatte, hatten sie sich mit Fallobst aus den umliegenden Vorgärten bestückt und waren zum Haus geschlichen. Dann hatten sie die faulen Früchte gegen die Fassade geworfen, bis die alte Hexe rauskam, fuchsteufelswild am Gartenzaun tobte und einen lustigen Tanz mit stampfenden Füßen und wirbelnden Armen aufführte. Sie hatten sich dann meist hinter den nahen Hecken und Böschungen versteckt und das Treiben der Hexe mit unterdrücktem Gelächter aus sicherer Entfernung beobachtet, während Pauls Mutter die unsichtbaren Aggressoren mit den übelsten Schimpfwörtern und Flüchen belegte. Das waren nur harmlose Kinderstreiche gewesen, fand Christin im Nachhinein. Aber für Paul schien seine Mutter eine echte Herausforderung gewesen zu sein, der er in jungen Jahren nicht gewachsen gewesen war. Sie stellte es sich schrecklich vor, von der eigenen Mutter bis aufs Blut drangsaliert und gedemütigt zu werden. Davon war im Dorf immer nur hinter vorgehaltener Hand gemunkelt worden. Diese Gerüchte waren nie bestätigt worden. Bis heute.

Zum Glück hatten ihre Eltern immer zu ihr gestanden, gleichgültig, welche Entscheidungen sie in ihrem bisherigen Leben getroffen hatte.

»Jedenfalls hat es dir nicht geschadet, so früh Eibstetten zu verlassen und dein Glück in der großen, weiten Welt zu suchen«, meinte Christin schließlich aufrichtig und hoffte, damit das Gespräch in eine für beide etwas angenehmere Richtung zu lenken.

Paul lachte, und eine Spur Bitterkeit schwang deutlich hörbar mit.

»Ja, du hast recht«, sagte er. »Hinterher, wenn man zurückschaut, war jede Entscheidung richtig, und man kann über alle Unwägbarkeiten lachen, die sich einem damals in den Weg stellten. Aber glaub mir, es war die meiste Zeit kein Zuckerschlecken. Wenn man jeden Tag von Neuem am Abgrund steht, dann kann das einen über kurz oder lang in den Wahnsinn treiben. Die Angst zu versagen, die Zweifel, die nagen Tag für Tag an dir und machen dich mürbe. Aber, wenn du so willst, ja, ich hatte Glück und hab alles richtig gemacht.« Paul beugte sich plötzlich vor und griff mit seinen Händen nach ihren. Die Bierflasche in ihrer Faust schien ihn nicht zu stören.

Christin musste ein instinktives Zurückzucken unterdrücken. Pauls Berührung war ihr unangenehm. Seine Handflächen waren schweißnass und fühlten sich irgendwie schmierig auf ihrer Haut an. Paul schien ihr Unbehagen nicht wahrzunehmen.

»Das wollte ich schon seit vielen Jahren machen«, sagte Paul und schaute Christin tief in die Augen. In seinen Augen brannten unverhohlene Gier und Lust. Christin erschauderte.

Die Musik, die vom Gästezimmer im ersten Stock hinunter zu ihnen drang, war jetzt mit Gestöhne und Lustschreien durchsetzt. Ein rhythmisches Klopfen gab den Takt vor. Bett gegen Wand, Wand gegen Bett. Wolf und Kati hatten jetzt noch mehr Spaß miteinander.

»Scheiße«, rief Paul Nonnenmacher plötzlich aus, stand von der Couch auf und zog die verblüffte Christin mit sich aus dem Sessel hoch.

»Das will ich jetzt nicht unbedingt mitkriegen.«

Christin bemerkte, wie Pauls Gesicht puterrot angelaufen war. Es war ihm offensichtlich peinlich, seine beiden Gäste im ersten Stock beim Geschlechtsverkehr notgedrungen belauschen zu müssen.

»Komm, lass uns raus in den Garten gehen. Da können wir ungestört quatschen.«

Paul Nonnenmacher bugsierte Christin zurück in Richtung Flur, bog bei der ersten Tür im Gang ab und zog sie in die dunkle Küche. Er knipste das Deckenlicht an, und während sie hinter Paul durch den Raum gezerrt wurde, hatte sie kurz Zeit, zu bemerken, dass auch hier der Zahn der Zeit am Inventar genagt hatte. Die Hängeschränke, die Arbeitsplatte, die elektrischen Geräte –

alles hatte über die langen Jahre des Gebrauchs eine ehrwürdige gelbliche Patina angesetzt. Der unbestimmte Geruch unzähliger über die Jahre gekochter Speisen hing geisterhaft in der stickigen Luft des Raums wie ein olfaktorisches Echo.

Sie folgte Paul zu der verschlossenen Terrassentür, die sich hinter einer feinmaschigen, ehemals weißen Gardine versteckte. Er zog die Gardine auf, öffnete die Tür und trat in den dunklen Garten hinaus.

»Pass auf die Stufe auf!«, warnte Paul Christin, als sie über die erhöhte Schwelle trat.

Der Garten lag still und finster vor ihnen. Die begrenzenden Hecken im Hintergrund verschmolzen mit der Nacht, die von dem anrückenden Morgen bereits einen deutlichen Graustich verpasst bekommen hatte.

Christin sog die frische Morgenluft mit hörbarem Schnauben tief in ihre Lungen. Paul zog die Terrassentür hinter sich etwas zu. Direkt dahinter befand sich eine breite, gepflasterte Terrasse, die von einigen großen Terrakotta-Töpfen mit hochgewachsenen Buchsbüschen und Kirschlorbeersträuchern begrenzt wurde. Die Pflanzen boten tagsüber einen zusätzlichen Sichtschutz vor zu neugierigen Blicken, die sich vielleicht von den hochgewachsenen Hecken im Hintergrund nicht abschrecken ließen.

In der Mitte der Terrasse, von den Pflanzenkübeln eingefasst, befand sich eine einfache Sitzgruppe aus vier Plastikstühlen und einem Tisch. Eine wild gemusterte Wachstischdecke spannte sich über den Tisch und wurde an den vier Seiten von Metallklammern fixiert.

Paul wandte sich Christin zu.

»Ich liebe die ersten Stunden des Tages«, bemerkte er. »Wenn die Vögel den Tag mit ihrem Gezwitscher begrüßen und die Sonne sich über den Horizont zu kämpfen beginnt.«

Christin nahm einen Schluck aus ihrer Bierflasche und stellte diese dann auf dem Tisch ab. Sie trat von der Terrasse hinab auf den sich anschließenden Rasen, der etwas zu hoch gewachsen war und dringend gemäht werden musste. Der morgendliche Tau benetzte kühl ihre Zehen in den offenen Sandalen, aber das war ihr gleichgültig. Sie drehte sich zu Paul um, der auf der Terrasse stehen geblieben war.

Von ihrer Position aus konnte sie jetzt die ganze Rückseite des Hauses überblicken.

Im ersten Stock, direkt über der Terrassentür, war ein Fensterrahmen rot erleuchtet. Dort befand sich allem Anschein nach das Gästezimmer des Hauses, wo Kati und Wolf gerade ihren Trieben freien Lauf ließen.

Genau darunter fiel helles Licht durch die angelehnte Glastür der Küche und malte ein großes Rechteck auf den gepflasterten Terrassenboden. Paul stand exakt davor und war nur als geheimnisvoller Schattenriss auszumachen.

»Du hast recht, Paul«, pflichtete Christin ihrem ehemaligen Klassenkameraden zu. »Das ist ein magischer Moment. Jeder neue Tag ist voller nicht eingelöster Versprechen über die Möglichkeiten, die in ihm verborgen sind. Aber die wenigsten Menschen können damit etwas anfangen. Sie leben in den Tag hinein, gefangen in ihren Jobs, und lassen die Möglichkeiten, die ihnen das Leben bietet, ungenützt verstreichen. So, als hätte man im Leben irgendwann die Chance, das Verpasste nachzuholen. Bis es zu spät ist.«

»Ja«, antwortete Paul. »Die meisten vertrödeln ihr Leben, und bevor sie es begreifen, ist es auch schon wieder rum. Ich habe nach meiner Lehre beschlossen, die Chancen, die mir die Welten bieten, zu nutzen und habe mein Leben in die Hand genommen und versucht, es nach meinen Vorstellungen zu formen. So gut es mir eben in dem Moment möglich war. Dazu gehörte, das Fachabitur in der Abendschule nachzuholen und danach nach Berlin zu ziehen, um dort das Leben zu studieren. Das war nicht immer einfach.«

»Das glaub ich dir«, sagte Christin in einem bedauernden Tonfall. »Aber schlussendlich hast du's gepackt, und die ganzen Entbehrungen haben sich für dich gelohnt.«

Paul wiegelte ab.

»Ich hatte auch Glück und die richtigen Verbindungen, als es darauf ankam. Und ich habe einen hohen Preis für den Erfolg gezahlt.«

Paul verkniff sich weitere Ausführungen zu den Entbehrungen, die er für seine Karriere in Kauf genommen hatte. Während des Abendessens und später in der Cocktailbar hatte er etwas aus dem Nähkästchen geplaudert. Er mochte Millionen auf seinen Konten horten und geschäftlich erfolgreich sein, aber er hatte nie geheiratet und eine Familie gegründet. Dieses Glück war ihm verwehrt geblieben, wie er ihr gegenüber zugegeben hatte. Sein Reichtum und sein gutes Aussehen hatten ihm natürlich die verschiedensten Affären ermöglicht, aber nichts war von großer Dauer gewesen. Die meisten weiblichen Bekanntschaften hatten es nur auf sein Geld abgesehen gehabt.

Nun, wenn Christin an den Verlauf ihres bisherigen Lebens zurückdachte, dann hatte sie die meisten ihrer Träume bisher nicht verwirklicht. Als Teenager hatte sie sich oft ausgemalt, wen sie wohl irgendwann heiraten und wie viele Kinder sie gemeinsam haben würden. Ihre männlichen Favoriten in der Schule wechselten fast wöchentlich, je nach Stimmung und Laune. Mit ihrer damaligen besten Freundin Claudia Keller hatte sie zahlreiche Masterpläne für den idealen Verlauf ihrer Leben aufgestellt. Nichts davon war eingetroffen. Claudia Keller war einige Jahre nach der Schule bei einem tragischen Verkehrsunfall getötet worden. Eine Straßenbahn hatte sie in Stuttgart beim Überqueren der Straße erfasst und ihr tödliche Verletzungen zugefügt.

Auch Jörg Vogt, der mit Claudia und ihr in der Kindheit eine platonische Dreiecksbeziehung unterhalten und Paul Nonnenmacher in der Schule den legendären Spitznamen »Captain Speck« verpasst hatte, weilte längst nicht mehr unter den Lebenden. Hodenkrebs mit Anfang dreißig.

Nein, das Leben ließ sich nicht am Reißbrett planen. Zum Glück wusste niemand, welche Schicksalsschläge einen auf dieser Reise erwarteten. Das war ihre grundlegende Erkenntnis aus den einundvierzig Lebensjahren, die sie bisher gemeistert hatte. Wenigstens war sie noch am Leben, wenn auch nicht glücklich und zufrieden. Aber sie hatte die Hoffnung darauf nie aufgegeben.

Christin rieb sich die müden Augen. Das herrschende Zwielicht im Garten verwirrte ihre Sinne.

Paul Nonnenmacher stand nur einige Meter von ihr entfernt auf der Terrasse, aber sie nahm ihn nur noch als einen detaillosen Schattenklecks vor dem hell erleuchteten Durchgang der Tür wahr. Seine Konturen schienen sich aufzulösen und zu einem pulsierenden schwarzen Nebel zu mutieren. Ihr erschöpfter Verstand spielte ihr Streiche, und sie erschauderte mit einem Mal. Plötzlich wollte Christin nur noch weg. Sie würde ihr Bier trinken und nach Hause laufen. Es waren keine zehn Gehminuten bis zu ihrer Wohnung. Sie würde jedenfalls nicht darauf warten, bis Kati mit Wolf fertig war. Und mit Paul zu schlafen kam für sie nicht mehr in Frage. Das wurde ihr mit einem Mal klar.

»Der heutige Abend«, sprach Paul weiter, während seine Gestalt nur noch aus wirbelnden Schatten zu bestehen und mühelos durch die Luft auf sie zuzuschweben schien. »Der heutige Abend sollte ein Dankeschön für dich sein, Christin.«

Christin stand im feuchten Gras und konnte ihren aufkommenden Widerwillen nicht unterdrücken. Ihre Nackenhaare stellten sich zu elektrisierten Bergen auf. Instinktiv wich sie einen Schritt zurück.

»Ein Dankeschön, Paul?«, fragte sie mit zittriger Stimme. »Für was solltest du dich denn bei mir bedanken?«

Sie runzelte die Stirn, als sie die Augen zukniff, um Paul besser erkennen zu können, aber der Schattenmann vor ihr blieb unergründlich vage. Langsam glitt der wabernde schwarze Nebel auf sie zu. Ein schwerfälliges Schnauben und Röcheln, wie von einem sterbenden Schlachtross, entwich der Gestalt mit jedem Schritt, den sie tat.

»Paul?« stieß sie hervor und konnte kaum noch das Unbehagen aus ihrer Stimme fernhalten. »Paul, ist alles in Ordnung mit dir?«

»Ja«, keuchte der Schatten kurzatmig als Antwort. »Alles in Ordnung mit mir!«

Christin wich vorsichtig vor der herannahenden Gestalt zurück, bis die Hecke in ihren Rücken stieß und ihr einen weiteren Rückzug unmöglich machte.

Sie glitt nach rechts an der Hecke entlang. Äste und Blattwerk zerkratzten ihren entblößten Rücken, verhedderten sich in den Falten ihres Kleids und brachten sie fast zu Fall.

Pauls plötzliches, merkwürdiges Verhalten war ihr ganz und gar nicht geheuer. Sie wollte nicht, dass er ihr zu nahe kam.

Sie suchte fieberhaft nach einer Möglichkeit, um an ihm vorbei und wieder in das Haus zu gelangen, das mit seinen erleuchteten Räumen so etwas wie Sicherheit zu versprechen schien.

Doch trotz seiner schnaufenden Schwerfälligkeit legte der auf sie zu stampfende Schatten eine erstaunliche Voraussicht an den Tag, was das Versperren möglicher Fluchtwege betraf. Er ahnte ihre Schritte voraus und verstellte ihr zielsicher den Weg. Die Rückseite des Hauses, mit seinem roterleuchteten Fenster und dem hellen Rechteck der Tür, war für sie nicht erreichbar.

Der Gedanke an Flucht war der einzige, den sie momentan klar fassen konnte. Sie musste weg von hier. Das allein zählte im Augenblick. Irgendetwas stank hier zum Himmel, das war ihr mittlerweile klar geworden. Pauls Verhalten war mehr als irritierend. In ihr schlugen die Alarmsirenen ihres Selbsterhaltungstriebs an, die nur sie in ihrem Kopf hören konnte. Ihr linker Fuß blieb plötzlich an einem Hindernis hängen, wahrscheinlich Wurzelwerk, das sich unter dem Rasen verbarg, und sie stolperte. Christin stürzte auf ein Knie, das andere Bein rutschte unter ihr weg.

Diese kurze Unachtsamkeit nutzte der Schatten, der Paul Nonnenmacher war, um die letzten Meter zwischen ihnen blitzschnell zu überbrücken. Eine schwarze Wand schien über ihr aufzuragen. Das Haus und der sternenübersäte Himmel über ihr wurden ausgelöscht, als Pauls dunkle Gestalt über sie kam. Sie schrie kurz auf, vor Überraschung und Furcht.

»Paul«, rief sie aus, während sie versuchte, sich aufzurappeln. »Hör auf damit. Du machst mir Angst.«

Ihr schreckgeweiteter Blick ging nach oben. Schwere Pranken packten sie an den Schultern und zerrten sie unsanft hoch.

»Du musst keine Angst haben, Christin«, sagte Paul mit einer Stimme, die so hohl klang, als käme sie direkt aus einem tiefen Brunnen. Sie stieß einen wütenden Laut aus.

»Du tust mir weh. Was soll das, verdammt?«

Christin zappelte wild in Pauls Umklammerung, trat fluchend gegen sein Schienbein. Ihr Wutausbruch schien die gewaltige Gestalt, die vor ihr aufragte, kurz zu beeindrucken und in ihrer Entschlossenheit wanken zu lassen. Doch dieser Moment der vermeintlichen Schwäche verging so schnell, wie er gekommen war, und die dicken Finger am Ende der riesigen Tatzen bohrten sich noch entschlossener in ihre Oberarme. Christin schrie vor Schmerzen auf.

Pauls Gesicht schob sich ihr entgegen.

»Erinnerst du dich noch an mich, Christin?«

Sein Atem klatschte ihr entgegen. Er stank mit einem Mal erbärmlich nach Verwesung, so als würde etwas in seinem Inneren verrotten.

Christin musste unwillkürlich würgen, als der Gestank in ihre Nase kroch. Aber etwas anderes nahm ihre ganze Aufmerksamkeit gefangen. Der Paul, der vor ihr aufragte und sie mit den mächtigen Schraubzwingen seiner Hände festhielt, hatte nichts mehr mit dem Paul gemein, der sich den ganzen Abend so aufmerksam um sie gekümmert hatte. Er hatte sich auf unerklärliche Weise verwandelt. Das kantige Gesicht, das volle, zu einem Pferdeschwanz zusammengefasste Haar, sein schlanker, durchtrainierter Körper – das alles hatte sich in Nichts aufgelöst. Sie traute ihren Augen nicht, und hätte Paul sie nicht fest in seinem Griff gehalten, wäre Christin womöglich ohnmächtig geworden angesichts dieser Transformation. Der unergründliche schwarze Schleier, der Pauls Gestalt im Garten verborgen hatte, hatte sich plötzlich aufgelöst, wie Nebelschwaden, die vom kühlen Nachtwind davongetragen wurden, und erlaubte nun einen ungetrübten Blick auf Pauls wahres Ich.

»Sag »Hallo!« zum fetten Paul, Christin!«, befahl Nonnenmacher seiner Gefangenen. Sein stinkender

Atem hüllte sie aus nächster Nähe ein und machte sie benommen. Christin versuchte, die Luft so gut es ging anzuhalten.

»Der Versager aus deiner Jugend ist immer noch da. Ich war nie wirklich weg. Nur verborgen vor den Blicken der Uneingeweihten.«

Christin starrte ungläubig in das aufgedunsene, teigige Gesicht ihres ehemaligen Klassenkameraden, der sich vor ihren Augen von einem attraktiven, schlanken Mann mittleren Alters zu einem gewaltigen, fettleibigen Fleischklops verwandelt hatte. Seine Haut war schlecht; Christin konnte sogar die tiefen, geröteten Aknenarben seiner Jugend deutlich ausmachen.

»Paul, was ...?«, stammelte sie unbeholfen, als ihr Verstand keine vernünftige Erklärung für diese spontane Verwandlung ihres Gegenübers fand. Es klang verrückt, aber die Gestalt vor ihr hatte auf jeden Fall mehr Ähnlichkeit mit dem Paul aus ihrer Vergangenheit. Es war ein gealterter, noch fetterer Paul, als sie ihn in Erinnerung hatte; mit schütterem Haar und tiefen Aknekratern im Gesicht, aber diese Inkarnation ihres ehemaligen Klassenkameraden wirkte auf sie in diesem Augenblick authentischer, realer als die Figur, die sie den ganzen Abend um sich gehabt hatte.

»Hör auf, dich zu fragen, wie das alles funktioniert«, sagte Paul heiser, und das höhnische Lachen, das sich anschloss, versetzte sein schwabbeliges Vierfachkinn in zittrige Ekstase.

»Das ist zu hoch für dein kleines Hinterwäldlerhirn. Es ist einfaches Blendwerk. Ursprüngliche Magie, die den Sinnen der Uneingeweihten alles das vorgaukelt, was sie in einem sehen sollen.«

Christin starrte Paul an, als wäre er geisteskrank.

»Was redest du da für einen Schwachsinn?«, entgegnete sie wütend und zerrte kräftig an seinem unbarmherzigen Zangengriff, der sie an Ort und Stelle festnagelte. »Lass mich los!«

Ein tiefes Grollen rollte aus Pauls mächtiger Brust heran, als Christins klägliche Befreiungsversuche an ihm wirkungslos wie an einem Felsen abprallten.

»Hör mir zu, Christin«, sagte der auf das mindestens vierfache Volumen angewachsene Paul Nonnenmacher mit einer beeindruckenden Seelenruhe. »Du bist die Letzte, die mir noch fehlt, um meine Schuld zu begleichen. Schwarze Magie hat immer ihren Preis. Der Blutgeweihte verlangt ein Opfer, damit das Blendwerk weiter aufrechterhalten werden kann. Jedes Jahr eins!«

»Du hast den Verstand verloren!«, schrie Christin ihn jetzt lauthals an.

Das Hexenhaus ihrer Jugend lag am Rande von Eibstetten, etwas abgelegen von den anderen Häusern, und wahrscheinlich hörte jemand, der um diese frühmorgendliche Stunde zufällig am offenen Fenster oder auf dem Balkon seiner Wohnung stand, ihre Schreie nur als ein klagendes Rauschen des auffrischenden Nachtwindes. Jedenfalls war da nichts zu hören, was einen dazu veranlasst hätte, den Polizeiposten im Ort zu alarmieren.

Das unförmige Ungetüm vor ihr kicherte, und diese hohen, kieksenden Töne wirkten bei einer derart massigen Gestalt so unangebracht, dass Christin fast in frenetisches Gelächter darüber ausgebrochen wäre. Wenn sie sich nicht in dieser beschissenen Situation befunden hätte.

»Ja, der Verstand«, gurgelte es aus Paul heraus. »Den hätte ich fast verloren, als ich in Berlin war. Allein, nur auf mich gestellt. Ich kannte niemanden, und der Stadt war's egal, was aus mir wird. Ich hab mich in den übelsten Partykellern Berlins rumgetrieben und hab mir jede Droge reingezogen, die ich in die Finger bekam.

Und du kannst mir glauben, das waren einige. Das Studium habe ich bereits nach dem zweiten Semester geschmissen. Ich habe lieber das Leben und seine dunkle Seiten studiert. Ich las Bücher über die abstrusesten Theorien und Praktiken. Über das damals aufkommende Internet konnte ich rasch Kontakt zu Gleichgesinnten finden und mit ihnen fachsimpeln. Und irgendwann war ich dann Mitglied in einem geheimen Zirkel von Okkultisten, die in alten, vergessenen Wehrmachtsbunkern unter der Stadt ihre Rituale vollführten. Dort habe ich dann mit den schwarzmagischen Praktiken begonnen, die mir zu Reichtum und Anerkennung verholfen haben.

Aber für jedes Entgegenkommen des Blutgeweihten musste ich einen Preis zahlen, den Blutzoll entrichten oder ihm ein Opfer bringen.«

Christin Lehnhart hatte aufgehört, sich zu wehren. Sie sah nur noch dieses breite, runde Gesicht ihres ehemaligen Mitschülers vor sich, das ihr im Morgengrauen immer monströser erschien – mit diesen wulstigen Lippen, die unentwegt auf und zu gingen und Worte ausspuckten, die ihre Vorstellungskraft überstiegen.

»Du hast Menschen getötet?« Es war fast ein Flüstern, als sie es aussprach.

»Nun«, erwiderte Paul Nonnenmacher. »So würde ich es nicht nennen. Erinnerst du dich noch an Jörg Vogt und Claudia Keller?«

»Natürlich, wie könnte ich die beiden vergessen.«

»Ja, die Jugendfreunde«, erwiderte Paul mit einem sarkastischen Unterton. »Die vergisst man nie, nicht wahr? Wenn man welche hatte, so wie du die beiden hattest. Ich hatte nie dieses Glück. Meine Mutter hat mir alle meine möglichen Freunde im Kindergarten und in der Schule madiggemacht. Aber das habe ich erst Jahre später in Berlin kapiert. Dass sie mich eiskalt manipuliert hat. Dass sie mich nur für sich haben wollte. Jedenfalls habe ich Claudia, Jörg und dich gehasst. Jörg, weil er mir diesen bescheuerten Spitznamen verpasst hat, den ich in Eibstetten nicht mehr losgeworden bin. Claudia und dich, weil ihr mich immer ignoriert habt. Ich war euch nie gut genug, um in eurer Clique mitzumachen. Erinnerst du dich noch an den Tag, als ich dich auf dem Heimweg abgefangen und dich gefragt habe, ob du mit mir gehen willst?«

Christin konnte sich das höhnische Gelächter, das diese Bemerkung plötzlich in ihr auslöste, nicht verkneifen.

»Wie könnte ich diesen Höhepunkt in meinem Leben je vergessen, Paul!« Ihre Bemerkung triefte vor beißendem Sarkasmus.

»Ich hab dich gehasst für diese Abfuhr. Jahrelang habe ich darüber nachgedacht, wie ich mich bei dir und deinem kleinen Hofstaat für diese Abweisung erkenntlich zeigen könnte. Ich wollte mich an euch rächen.«

Christin kam ein schrecklicher Gedanke.

»Du«, stieß sie hervor. »Du hast Claudia und Jörg auf dem Gewissen, nicht wahr?«

Pauls Vierfachkinn erzitterte wie Wackelpudding, als er ein boshaftes Grinsen versuchte, das aber in seinem schwammigen Gesicht zu einer hässlichen Grimasse gerann.

»Es war ganz einfach«, erklärte Paul Christin mit eisiger Abgebrühtheit. »Wenn man erst mit den Dunklen Künsten vertraut ist. Ich habe beide mit Todesflüchen belegt. Den Rest haben dann die Helfer des Blutgeweihten vollbracht. Dämonen, die auf dieser Welt in Menschengestalt wandeln und seinen Willen hier durchsetzen.«

Christin blickte Paul Nonnenmacher aus weit aufgerissenen Augen an. Ungläubig, zweifelnd, aber irgendwo in ihr wuchs die Gewissheit heran, dass ihr Ex-

Klassenkamerad die Wahrheit sagte. Alles, was er gesagt hatte, widersprach allem, was sie in ihrem bisherigen Leben gelernt und erfahren hatte. Sie hätte ihn ohne zu zögern für geisteskrank erklären müssen, aber tief in ihr nagten bereits die Zweifel an ihren Überzeugungen.

»Und nun bin ich an der Reihe?«, fragte sie ihn leise. »Hast du diese ganze Farce nur aufgeführt, um mich deinem Meister zu opfern? Deine Rache zu vollenden?«

Ein strahlendes Lächeln breitete sich über Pauls Mondgesicht aus.

»Ich bin gekommen, um dich zu erlösen.«

»Mich zu erlösen?«

»Ja, von dem Fluch, den ich dir vor vielen Jahren angehängt habe.«

»Wie nett von dir. Danke!«, spottete Christin.

»Hast du dich nie gefragt, warum dein Leben in so beschissenen Bahnen verläuft? Seit Jahren keine funktionierenden Beziehungen zu Männern. Dein Kinderwunsch hat sich nicht erfüllt. Du jobbst seit Jahren als Hilfsarbeiterin und kommst nicht vom Fleck. Hängst immer noch in diesem beschissenen Kaff fest.«

Langsam dämmerte es Christin.

»Das habe ich alles dir zu verdanken?«

Paul Nonnenmacher heuchelte eine Geste des Bedauerns, indem er seine fleischigen, ausladenden Schultern anhob. Christin spürte, wie Pauls schmerzhafter Griff um ihre Oberarme einen Deut schwächer wurde, so als hätte das viele Gerede ihn unaufmerksam gemacht. Doch sie nahm diese Schwäche oder Unkonzentriertheit ihres Gegenübers genau wahr.

»Was ist mit Kati?«, fragte Christin, um den Redefluss aufrechtzuerhalten und Paul noch mehr in dem Glauben seiner Überlegenheit einzulullen. »Du wirst sie auch umbringen müssen, wenn du mit mir fertig bist! Sie wird nicht einfach schweigen, wenn ich plötzlich vom Erdboden verschwinde.«

Wieder schlich sich dieses schiefe Grinsen in Pauls aufgedunsenes Gesicht, in das sie am liebsten ihre Faust bis zum Ellenbogen gerammt hätte, wenn sein Zangengriff nicht gewesen wäre.

»Du meinst, nachdem Wolf sie totgevögelt hat?« Paul lachte. »Er ist ein ziemlich ausdauernder Liebhaber. Die dämonischen Helfer des Blutgeweihten sind in dieser Hinsicht uns sterblichen Männern deutlich überlegen.«

Christin spürte, wie glühende Wut in ihr aufwallte.

»Du mieses Schwein«, spuckte sie ihm regelrecht ins höhnisch lächelnde Gesicht und schob dabei ihr Antlitz noch näher an ihn heran. Sein fauliger Höllenatem raubte ihr fast die Sinne.

»Dann wird's wohl Zeit, dass ich mich für diesen tollen Abend bei euch beiden Wichsern bedanke, nicht wahr?«

Paul runzelte verständnislos die Stirn. »Was ...«

Den Rest des Satzes konnte er nicht mehr artikulieren. Christin katapultierte ihren Schädel nach vorn und stieß mit ihrer Stirn gegen Pauls fettes Gesicht. Für sie fühlte es sich zunächst fast an, als ramme sie ihr Konterfei in ein weiches Kissen, doch unter der Wucht des Aufpralls gab Pauls Nasenbein schließlich mit einem unschönen Krachen nach. Paul schrie vor Überraschung und Schmerz gleichermaßen auf und wich unwillkürlich zurück.

Christin zog ihren Kopf zurück. Blut schoss aus Pauls ruinierter Nase und spritzte ihr ins Gesicht. Trotz des überraschenden Angriffs, des zertrümmerten Nasenbeins, des Blutes und der Schmerzen schaffte es der Mann, Christin weiterhin mit seinen Pranken festzuhalten.

Wieder stieß Christin ihren Kopf wie eine Ramme nach vorn. Die Wucht des Stoßes ließ Paul Nonnenmacher wanken. Und als Christin ihren Mund öffnete und ihre Zähne mit wütender Entschlossenheit in die zertrümmerte, blutige Nase schlug, blieb dem vor Schmerzen aufschreienden Fettsack keine andere Wahl, als sie endlich aus seiner Umklammerung zu lassen.

Mit zwei schnellen Kopfdrehungen biss Christin ihrem ehemaligen Klassenkameraden einen Teil der blutigen Nase ab.

Paul stolperte jaulend zurück, hob die Hände schützend vors blutüberströmte Gesicht. Christin setzte unbarmherzig nach und verpasste ihrem Peiniger einen festen Fußtritt in die Weichteile, was den fetten Koloss endlich niederstreckte. Paul sank wimmernd und heulend auf die Knie. Christin spuckte Teile der abgebissenen Nase aus und trampelte das gute Stück in den dunklen Rasen.

»Wenn du schnell bist, kann man sie dir vielleicht wieder annähen«, sagte sie und stieg über den auf dem feuchten Rasen zusammengekauerten Fleischberg, dem das Blut durch die fleischigen Finger rann und über sein viel zu enges Hemd auf das Gras tropfte.

»Oder du zauberst dir eine neue.«

Christin spuckte aus. Das Blut in ihrem Mund schmeckte eklig. Es hatte nicht den typisch metallischen Geschmack von Blut, wie sie es kannte. Unrein, dieser Gedanke schoss ihr durch den Kopf, als sie zur Küchentür eilte und diese sperrangelweit aufriss.

Sie trat über die Schwelle der Tür ins Licht und verspürte kurze Erleichterung über die Helligkeit der Beleuchtung, die über sie strömte. Das Licht machte die scharfen Kanten des gerade Erlebten stumpf und irgendwie erträglicher. Sie stieß die Terrassentür zu und drückte den Verschlusshebel runter.

Sie blickte durch die reflektierende Scheibe in die Dunkelheit des Gartens, wo sich ein schwarzer Fleischberg vom Rasen erhob. Paul würde die Scheibe zertrümmern müssen, wenn er sich entschied, ihr zu folgen, wonach es aber im Augenblick nicht aussah.

Sie wandte sich ab und rannte durch die Küche. Als sie fast schon in den Flur getreten war, bremste sie abrupt ab und ging wieder in die Küche zurück. Auf der Anrichte neben dem Spülbecken stand ein alter Messerblock und bot seinen scharfen Inhalt feil. Automatisch griff sie zum größten Griff, der aus dem Holzblock herausragte, und zog ein fast dreißig Zentimeter langes Fleischermesser heraus. Sie war sich sicher, dass die Klinge ausreichen würde, um Wolf oder was auch immer im ersten Stock mit Kati im Gästezimmer war, in seine Schranken zu weisen, wenn ihm sein Leben lieb war.

Mit der gewaltigen Klinge fest in ihrer Rechten eilte sie hinaus in den dunklen Flur. Sie rannte zur Haustür, und für den Bruchteil eines Moments wog sie ab, einfach die Tür aufzureißen, hinauszurennen und ihre Freundin ihrem Schicksal zu überlassen. Doch stattdessen griff sie mit links den Abschlusspfosten der Holztreppe, die in den ersten Stock führte und schwang sich entschlossen auf die Treppenstufen. Ihr Blick folgte den aufsteigenden Stufen in die Dunkelheit. Oben auf dem letzten Treppenabsatz bückte sich eine Frauengestalt und versuchte in ihre hohen Schuhe zu steigen.

»Verdammt«, fluchte Kati. »Willst du wohl ...«

Der Riemen des Schuhs glitt endlich über ihre Ferse.

»Kati?«, rief Christin, und ihre Stimme vibrierte vor Erleichterung und Freude darüber, ihre Freundin wohlbehalten und bei bester Gesundheit vorzufinden.

Katharina Beerwang richtete sich auf, als sie ihren Namen hörte, und blickte ihrer Freundin verständnislos und mit großen Augen entgegen.

»Scheiße, Christin«, rief Kati aus und deutete auf sie. »Was soll dieses Riesenmesser? Alles in Ordnung bei dir? Was war das für ein Krach im Garten grad eben?«

Kati wackelte auf ihren High Heels die Stufen herunter. Sie sah etwas derangiert aus, wie jemand, der sich rasch hatte ankleiden müssen und keine Zeit für die dafür nötige Sorgfalt gehabt hatte. Ihre Haare waren in alle Himmelsrichtungen zerzaust.

»Du wirst es nicht glauben, Süße«, sagte Kati mit einem verträumten Lächeln im Gesicht. »Ich hatte grad den besten Fick meines Lebens.«

Christin wartete ungeduldig am Fuß der Treppe auf ihre Freundin.

»Schön für dich, aber jetzt beeil dich!«

»Was ist denn los? Was soll diese Hektik?«

Christin senkte ihre Hand, die das gewaltige Messer umklammerte, bereit zuzustechen und reichte ihrer Freundin die Linke, um sie hinab zu geleiten. Kati schaffte die letzten Stufen problemlos.

»Jetzt komm schon«, rief Christin ungeduldig und zerrte ihre Freundin zur Haustür. Hinter den beiden Frauen, in der rückwärtigen Küche, ging mit lautstarkem Splittern Glas zu Bruch. Paul, schoss es panisch durch Christins Verstand.

»Wir müssen schleunigst von hier verschwinden. Ich erzähl dir später alles.« Aus der Küche erhob sich unmenschliches Gebrüll.

»Oh, mein Gott!«, rief Kati erschrocken. »Was war das?«

»Halt das«, sagte Christin und drückte der verdutzten Kati den Griff des Fleischermessers in die Hand, während sie sich der verschlossenen Haustür zuwandte.

»Was soll ich denn damit?«

»Halt es einfach, und halt deine Klappe! Ich muss mich konzentrieren.«

Christin packte die Türklinke und drückte sie herunter. Die Tür sprang nicht auf. Sie konnte sich gar nicht daran erinnern, dass Paul die Tür wieder verschlossen hatte, als sie eingetreten waren.

Panik machte sich in ihr breit. Ihr Blick streifte hektisch umher und fiel schließlich auf einen hölzernen Schlüsselkasten, der an der Wand rechts neben der Tür angebracht war. Das Licht, das aus der Küche in den Flur fiel, verdunkelte sich plötzlich, als Pauls gewaltiger Schatten sich durch die Küchentür schob.

»So leicht kommst du mir nicht davon«, brüllte er in den dunklen Gang hinein. Mit zitternden Fingern riss Christin am Türchen des Schlüsselkastens, und es flog auf. Innen waren zwei Reihen mit Haken angebracht, die nur darauf warteten, die verschiedenen Schlüssel des Hauses aufzunehmen. Doch der Kasten war leer.

»Suchst du den hier?«, fragte ihre Freundin Kati hinter ihrem Rücken.

Sie fuhr herum, und kalter Stahl glitt in ihre Eingeweide. Der harte Stoß, der das Messer geführt hatte, und die Überraschung ließen ihren Atem pfeifend aus den Lungen entweichen. *Uff!*

Ihre Hände legten sich schützend um den aufgeschlitzten Bauch, hielten den Messergriff fest, der plötzlich aus ihrer Mitte herausragte.

»Kati?« Christin sah ihre Freundin ungläubig an. Sie kapierte noch immer nicht, was soeben passiert war. Ihr leichtes Sommerkleid färbte sich rasend schnell rot.

Kati Beerwang hielt Christin einen altmodischen Hausschlüssel mit geschwungenem Bart entgegen. Doch die Gestalt, die ihr den Schlüssel hinhielt, war nicht mehr Kati. Langsam zerschmolzen die Gesichtszüge ihrer Freundin, so als wären sie aus Butter, die zu lange in der Sonne gelegen hatte.

Für einen erschreckend langen Augenblick war das Antlitz vollkommen neutral, blank wie die Schale eines Eies. Aber dann modellierten sich aus diesem teigigen Nichts die Gesichtsmerkmale von Wolf Luzon heraus. Die Veränderung geschah wie von Geisterhand ausgeführt. Und auch der Rest des Körpers legte sämtliche weiblichen Merkmale von Katharina Beerwang ab und nahm die muskulöse Konstitution eines durchtrainierten Mannes mittleren Alters an. Es war fast so, als steige Wolf Luzon in einen anderen Anzug hinein. Pauls verwandelter Geschäftspartner war vollkommen nackt. Trotz des Messers in ihren Eingeweiden und der Tatsache, dass sie diesen Abend wohl nicht überleben würde, kam sie nicht umhin, Wolfs gewaltiges Geschlechtsteil zu bemerken, das schlaff zwischen seinen Oberschenkeln baumelte. Christins Mund füllte sich mit Blut, das über ihre Lippen lief.

Der Mann, der nach Aussage Paul Nonnenmachers ein Dämon war, der auf dem Antlitz der Erde wandelte und die Befehle seines Meisters erfüllte, streckte die Hand nach ihr aus. Reflexartig ergriff sie die hilfsbereit ausgestreckte Hand, die sich mit ihren blutverschmierten Fingern fest vereinte. Luzon zog sie zu sich heran. Es war eine geschmeidige Bewegung, fast wie eine choreografierte Drehung im Rahmen eines Paartanzes. Seine Umarmung umfing sie wie ein schützender Mantel.

Hinter den breiten Schultern des Dämons gewahrte sie aus dem Augenwinkel heraus, wie Pauls ruinierte, blutverschmierte Fratze einen letzten Blick auf sie warf.

»Du wirst auf ewig in der Hölle schmoren, Christin! Zusammen mit der anderen Schlampe.«

Rauch begann, ihr in den Augen zu jucken. Es war plötzlich so verdammt heiß hier, in diesem engen Flur vor der verschlossenen Haustür. Wolf hielt sie fest, aber er musste keine Kraft aufwenden, um sie zu halten. Christin spürte, wie das Leben stetig aus ihr entwich. Für weitere Gegenwehr war sie schon zu schwach. Und diese wäre auch zwecklos gewesen.

Mit trübem Blick schaute sie auf die muskulösen Unterarme des Mannes hinab, der sie von hinten umklammerte und so verhinderte, dass sie fiel. Mann oder Dämon? Das spielte jetzt keine Rolle mehr. Der Rauch quoll aus seiner nackten Haut, versengte die feinen Härchen auf seinen Armen. Der Gestank verbrannter Menschenhaut drehte ihr den aufgeschlitzten Magen um.

Die flirrende Luft war mit einem Mal auch von ekelerregendem Schwefelgeruch erfüllt. Ein Schwall Blut schwappte über ihre zitternden Lippen und verdampfte zischend auf den schwelenden Unterarmen des Dämons, der gerade dabei war, sich in eine Flammensäule zu verwandeln.

Die pulsierenden Venen unter seiner aufplatzenden Haut glühten rot wie kleine Lavaströme, die durch ihn hindurchflossen. Die Haut begann Blasen zu werfen, als sie verbrannte, und Christin sah flüssiges, goldenes Magma durch die Risse strömen.

Das Feuer machte dem Dämon nichts aus. Und merkwürdigerweise verspürte auch Christin keine Schmerzen, als die Flammen um sie herum aufzulodern begannen und ihr die Haut und das Fleisch von den Knochen fraßen. Der Boden unter ihren Füßen war jetzt verschwunden.

Dort, wo vor wenigen Augenblicken noch ein alter, verschlissener Parkettboden gewesen war, gähnte ihr jetzt ein orangeroter Schlund entgegen, der sich bis direkt in den Mittelpunkt der Erde zu erstrecken schien. Luzon und sein Opfer schwebten über dem Schacht, trotzten kurz der Schwerkraft.

Dann begann der Abstieg. Zunächst langsam, dann immer schneller, bis Mensch und Dämon nur noch eine schwirrende Feuerkugel waren, die in endlose Tiefen stürzte.

Das Letzte, was Christin Lehnhart durch ihre von der unmenschlichen Hitze aufplatzenden Augen sah, war Paul Nonnenmacher in seiner magisch restaurierten, verschlankten Hülle, der ihr einen letzten, höhnischen

Abschiedsgruß zuwinkte und sich seine neue Nase rieb, als hätte er dort ein lästiges Jucken.

ENDE

Gerd Rödiger

Das Geräusch

Wenn ein Baum im Wald umfällt, und niemand ist
dabei, der es hört, macht der Baum dann ein Geräusch?
— Philosoph. Gedankenspiel

Niemand hatte das Geräusch gehört, da seine Fre-
quenz außerhalb des menschlichen Hörbereiches
lag. Ein empfindliches Messgerät hätte es vielleicht re-
gistrieren können. Niemand hatte eines aufgestellt, da
man nicht wusste, dass das Geräusch überhaupt existier-
te. Es dauerte nur wenige Sekunden an und war durch
das Zusammentreffen vollkommen zufälliger Ereignisse
ausgelöst worden. Bob hatte ein neues Prisma in die
Versuchsanordnung eingebaut und falsch justiert. Das
hatte zur Folge, dass das Gerät, welches eine hundert
Meter entfernte Stahlplatte mittels eines Laserstrahls
zerschneiden sollte, eben dies nicht tat. Die Apparatur
gab keinen wahrnehmbaren Laut von sich, wurde nicht
warm, sondern tat schlicht und ergreifend nichts. Bob
war der diensthabende Leiter der idyllisch inmitten von
Wäldern gelegenen Außenstelle der Materialprüfungsan-
stalt. Am Nachmittag würde ein Vertreter des Stahlproduzenten kommen und erfahren wollen, ob sein Material
den Anforderungen der Regierung für Panzerstahl ent-
sprach. Vermutlich würde es das nicht, aber Bob musste
etwas vorweisen. Er baute das Prisma aus und setzte es
erneut ein. Er überprüfte die Verbindungen, und nun
funktionierte es wie gewünscht. Der Strahl war nicht
sichtbar, aber an der Stelle, an der er auf die Stahlplatte
traf, entstand ein kleiner roter Punkt. Nach wenigen
Minuten hinterließ er ein Loch. Bob würde den Fehler

nicht wiederholen.

Das Geräusch bestand aus einer sehr hohen Schwingung, die sich in der Form eines Kegels ausbreitete. Bob hätte es bemerkt, wenn er sich innerhalb des Kegels befunden hätte. Er hatte auf der abgewandten Seite gestanden und seine Tabellen überprüft. Das Geräusch durchquerte unterdessen mühelos einen Wald aus alten Buchen, streifte ein Sonnenblumenfeld, das kurz vor der Ernte stand, sprang über eine wenig befahrene Landstraße und drang in das nächste Waldstück ein. Dort wurde es schließlich von einer Felswand gestoppt, an der es reflektiert und durch Überlagerungen ausgelöscht wurde, nachdem es Martin durchdrungen hatte, der gerade vor seiner für das Wochenende gemieteten Hütte Holz hackte.

Auf den ersten Blick schien der Wald unverändert zu sein. Die Bäume standen in vollem Saft, und ihre Blätter leuchteten. Das Gras auf den Lichtungen war weich und duftete, wie nur Gras im Sommer duften konnte. Der Wald schien auf diesen Tag gewartet zu haben, um zu zeigen, wie schön er sein konnte. Einem aufmerksamen Beobachter wäre vielleicht aufgefallen, dass einige der Millionen von Lebewesen, die sich im Kegel des Geräusches aufgehalten hatten, sich veränderten. Es waren hauptsächlich Spinnen, Käfer und andere Insekten, deren kleine Gehirne und zerbrechliche Nervensysteme von der Schwingung zerstört wurden. Eine Spinne, die gerade dabei gewesen war, ihr Netz zu vollenden, konnte nicht mehr aufhören, im Kreis zu laufen. Ihr Netz verwandelte sich in ein dichtes Tuch, bis keine Seide mehr in ihr war und sie tot darin hängen blieb. Eine Ameisenstraße geriet in Unordnung, als einige der Arbeiterinnen auf dem Rückweg von einer toten Maus die Orientierung verloren. Sie zielten einige Grad daneben und verfehlten den heimischen Hügel um einen halben Meter. Tausende von Ameisen folgten ihnen. Sie liefen durch den Wald auf der Suche nach ihrer Königin, bis sie auf einen kleinen Bach trafen. Die erste Ameise stürzte sich hinein. Manche folgten ihr, der Rest lief in alle Richtungen auseinander. Ein Beobachter hätte noch Tausende von anderen Tieren sehen können, die ziellos umherirrten und schließlich verendeten, ohne je zu wissen, warum. Aber es gab keinen Beobachter, der etwas gesehen oder gehört hatte.

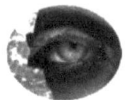

Auch Martin sah nichts mehr. Er hatte seit einer halben Stunde Holz gehackt und war die Anstrengung nicht gewohnt. Ihm lief Schweiß in die Augen. Er wischte ihn mit einem karierten Taschentuch ab. Es war teuer gewesen. Seine Frau hatte es ihm geschenkt, zusammen mit dem ebenfalls karierten Hemd und den schweren Lederstiefeln, in denen sich eine beträchtliche Menge Schweiß angesammelt hatte.

Anfangs hatte Jasmin gelacht, als er ihr erzählt hatte, dass er mit den anderen Jungs ein Wochenende in der Wildnis verbringen wollte. Als sie jedoch sah, dass es ihnen ernst war, hatte sie ihm die bestmögliche Ausrüstung gekauft. Schließlich gab sie ihm einen Kuss auf den Mund und die Nase, wie sie es immer tat, wenn sie ihn für einige Tage nicht sehen würde. Sie hatten am Abend vor der Abfahrt miteinander geschlafen. Am nächsten Morgen noch einmal. Er hatte sich großartig gefühlt, und auch die ungewohnte körperliche Arbeit war ihm bis jetzt gut bekommen. Wenn ihn doch seine Kollegen aus der Bank sehen könnten!

Er trank einen Schluck aus der Wasserflasche und

legte das nächste Holzscheit zurecht. Er ärgerte sich, dass er kein Bier mitgebracht hatte. Frank wollte es besorgen – reichlich –, aber er hatte sich verspätet. Die Axt sauste durch die Luft, verfehlte das Scheit und federte vom harten Holz des Spaltklotzes zurück. Martin fluchte und rieb sich die Hand. Der Schmerz lief pulsierend seinen Arm hinauf bis zur Schulter und dann wieder hinunter. Gut, dass niemand ihn beobachtete. Wie konnte man sich nur so dumm anstellen! Martin griff nach dem Stiel der Axt und wollte einen neuen Versuch starten, als sich etwas veränderte. Er konnte zunächst nicht genau beschreiben, was es war. Erst dachte er, er hätte zu schnell getrunken und müsse rülpsen, dann verschwand der Druck auf seinen Magen wieder. Ihm wurde schwindelig, und vor seinen Augen tanzten rote Kreise mit bunten Zacken. Sie drehten sich abwechselnd gegen und mit dem Uhrzeigersinn, wurden langsamer und beschleunigten dann wieder. Etwas schien sich auf seine Lunge zu legen, und für einige Sekunden bekam er keine Luft. Ein kalter Schmerz bohrte sich in seinen Rücken, der sich ohne Martins Willen durchbog. Er hob das Gesicht zum Himmel, an dem violette Schäfchenwolken entlang trieben. Etwas lief in seinem Kopf vom linken zum rechten Ohr und wieder zurück – wie das Echo eines Knalls, den er nicht gehört hatte. Dann verschwanden die Beschwerden so plötzlich, wie sie gekommen waren. Martin wischte sich erneut den Schweiß von der Stirn. Er war eiskalt. Martin schüttelte den Kopf, um den Spuk loszuwerden, dann beschloss er, mit seiner Arbeit fortzufahren. Er betrachtete die Axt in seiner Hand und überlegte, was er damit machen wollte. Er stand einige Minuten regungslos in der prallen Sonne und dachte nach. Als es ihm nicht einfallen wollte, begann er zu lachen. Er lachte laut, da er wusste, dass ihn niemand hören konnte. Seine Frau mochte es nicht, wenn er so lachte. Er lachte, bis er eine trockene Kehle bekam. Abrupt verstummte er. Ein Bier. Er würde in die Hütte gehen und ein schönes, kühles Bier trinken.

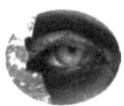

D as nächste Geräusch im Wald, das erwähnenswert war, wurde gehört. Bob war noch einmal nach draußen gegangen, um eine Zigarette zu rauchen. Er hörte in der Ferne etwas, das wie ein wütender Schrei klang. In etwa so, wie er es am Nachmittag von dem enttäuschten Stahlproduzenten erwartete. Dieser würde Bob anbrüllen und ihm vorwerfen, den Test nicht ordnungsgemäß durchgeführt zu haben. Er würde verlangen, dass der Versuch in seiner Anwesenheit wiederholt wurde. Der Regierungsvertreter würde ihn bitten, dem nachzukommen. Bob würde ihnen den Gefallen tun. Ein weiterer Nachmittag in dieser Einöde. In der Stadt wartete noch eine Menge Arbeit auf ihn, aber Regierungsaufträge gingen vor. Er zog ein letztes Mal an seiner Zigarette, dann warf er die Kippe auf den betonierten Boden und trat sie aus. Wieder trug der Wind einen Schrei zu ihm. Er schien überhaupt nicht enden zu wollen, bis er mit einem Mal doch abbrach. Vielleicht hatte sich auch nur der Wind gedreht. Bob wartete noch einen Augenblick und glaubte, jemanden lachen zu hören, dann war alles still.

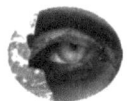

M artin stampfte mit den Füßen auf den Boden, wie er es seit seiner Kindheit nicht mehr getan hatte. *Es war nicht fair! Warum bestraften sie ihn? Oder wollten sie sich über ihn lustig machen? Dieser Kerl wollte doch das Bier bringen! Er wusste, dass Martin hier wartete! Frank. So hieß er.* Martin ging ein Stück den Feldweg hinunter und hielt Ausschau nach einem Fahrzeug. Er versuchte sich zu erinnern, was Frank für einen Wagen fuhr. *Einen blauen Opel. Oder einen Ford. Jedenfalls blau, wo der Rost noch Farbe auf dem Lack gelassen hatte.* Von der Anhöhe aus konnte man den Weg einige hundert Meter weit überblicken, aber es kam kein Auto. Wütend ging Martin zurück zur Hütte. Als er am Spaltklotz vorbeikam, schnappte er sich die Axt. Es fiel ihm immer noch nicht ein, was er damit machen wollte, aber er wusste, dass er noch etwas zu Ende bringen musste. Er hatte sich ein Bier holen wollen, aber der Kühlschrank war leer gewesen. Und warm. Martin starrte auf das Notstromaggregat, als ob er es das erste Mal sehen würde. Er öffnete den Tankdeckel und versuchte, etwas zu erkennen. Während er nach einer Taschenlampe suchte, um in den Tank zu leuchten, beschlich ihn das Gefühl, dies bereits getan zu haben. Die Erinnerung war so vage, dass es auch in einem früheren Leben gewesen sein konnte. Der Tank war leer, und in der ganzen verfluchten Hütte war kein Benzin zu finden. *Sollte das auch Frank mitbringen? Bestimmt. Dieser Saukerl!* Martin versuchte, sich Franks Gesicht vorzustellen, aber es gelang ihm nicht. Immer, wenn er es vor seinem inneren Auge zu sehen glaubte, schien es sich von ihm abzuwenden, als ob es etwas zu verbergen hätte. *Egal. Wenn ein Mann die Straße heraufkam, musste es Frank sein.* Martin ging wieder nach draußen. Seine Beine fühlten sich weich an, als ob sie in der Hitze zu schmelzen beginnen würden. Er schleifte die Axt hinter sich her, und das Metall hinterließ eine tiefe Furche in der weichen Erde. Das Ding war unglaublich schwer geworden, aber Martin ahnte allmählich, was er damit vorgehabt hatte. Er hob die Axt mit beiden Händen auf und reckte sie über seinen Kopf. Jetzt fühlte sie sich gut an, wie ein Teil von ihm. In der Ferne sah er eine Staubwolke, und er glaubte, einen Motor zu hören. Er sog seine Lungen voll Luft und brüllte so laut und so lange er konnte. Jeder sollte hören, dass er da war. Er hörte erst auf zu schreien, als sich jemand näherte.

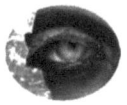

Es war heiß im Labor, und Bobs Schweiß tropfte auf seine Tabellen. Er rechnete sie zum dritten Mal durch, um sich vor dem Regierungsvertreter keine Blöße zu geben. Er öffnete ein Fenster und genoss die frische Brise, die hereinwehte. Wieder ertönte ein Schrei. Zunächst schien er aus weiter Ferne zu kommen und brach wie vorhin unvermittelt ab. Dann wiederholte er sich und war klar als der wütende Schrei eines Mannes zu erkennen. Bob lief ein Schauer über den Rücken. Der Schrei war voller Wut und Verzweiflung, schmerzvoll und aggressiv. Es musste etwas passiert sein. Es wäre nicht das erste Mal, dass sich Urlauber in einer der Ferienhütten beim Holzhacken einen Finger amputiert oder sich beim Hantieren mit der Kettensäge noch schlimmer verstümmelt hätten. Der Schrei wurde zu einem Brüllen, heiser und tief wie von einem verwundeten Bären. Bob schnappte sich den Erste-Hilfe-Kasten, der immer bereitlag, und ging nach draußen. In direkter Nachbarschaft zum Testgelände gab es eine Hütte, nur wenige hundert Meter entfernt. Bob verließ die asphaltierte

Fläche und folgte einem Feldweg. An der Grenze des Geländes stand ein zwei Meter hoher Zaun, dessen zahlreiche Warnschilder Bob ihren rostigen Rücken zuwendeten. Von irgendwoher kam ein Lärm wie das Hämmern eines Maschinengewehrs, nur gedämpfter. Als ob jemand versuchte, mit einem Presslufthammer einen Baum zu fällen. Bob fingerte einen Schlüsselbund aus der Hosentasche und öffnete das schwere Schloss. Der Feldweg bog hinter dem Tor nach links ab und führte geradewegs in den Wald.

Dieser schien sich verändert zu haben, seit Bob das letzte Mal hier gewesen war. Die Bäume waren wunderschön, aber die Tiere spielten vollkommen verrückt. Auf einer Buche beobachtete er zwei Eichhörnchen, die sich gerade heftig den Gefühlen des Frühlings hingaben. Er war zunächst erstaunt über die Heftigkeit und Ausdauer der Tiere. Nach einiger Zeit wandte er sich verschämt ab, als es nicht einmal endete, als das Weibchen offensichtlich längst tot war. Das Männchen kopulierte weiter, bis es kraftlos vom Baum fiel, der Unterleib noch im Sterben zuckend. Einige Meter weiter sah Bob Spechte, die an den Bäumen hingen. Sie hatten sich in blindem Wahnsinn in das harte Buchenholz gehackt, bis sie keine Kraft mehr hatten, sich zu befreien. Einzelne hämmerten noch immer auf die Bäume ein. Bob erkannte den Lärm, den er vorhin gehört hatte.

Eine Katze jagte halbherzig einem verletzten Vogel hinterher, bis dieser sich mit dem Kopf voran auf die Erde stürzte. Die Katze bemerkte dies kaum. Ihre Augen waren so glasig wie bunte Murmeln. Sie stieß gegen Bäume und Steine. Das machte sie wütend. Sie wollte die Hindernisse attackieren, aber jede Berührung ihrer Pfoten mit der Umgebung schien ihr große Schmerzen zu verursachen. Sie warf sich auf dem Trampelpfad auf den Rücken und strampelte mit den Beinen, als ob sie mit einem unsichtbaren Wollknäuel spielte. Bob musste über sie hinweg steigen. Hinter der nächsten Biegung stieß er auf einen Busch wilder Rosen, dessen Dornen abgefallen waren. Sie glichen einem Hügel ausgefallener Zähne. Die Blüten verloren ihre Farbe und verwelkten. Bob blieb verwundert stehen. Er konnte weder verstehen, was um ihn herum vorging, noch wusste er, dass er die Ursache für all das war. Er erinnerte sich daran, warum er überhaupt hier war und ließ diesen Abschnitt des Waldes hinter sich. Er überquerte eine Lichtung und kam zu einem Sonnenblumenfeld. Dort wartete er einen Moment und lauschte, ob sich der Schrei oder ein anderes Geräusch wiederholte. Alles war still und friedlich. Er blickte sich um und betrachtete die Sonnenblumen, die mehr als drei Meter hoch waren. Quer durch das Feld lief ein gerader Schnitt, aber Bob brauchte einen Moment, um zu begreifen, was den Unterschied auf den beiden Seiten der unsichtbaren Linie ausmachte. Fast alle Pflanzen reckten ihre Köpfe in Richtung der Sonne und würden ihr folgen, bis sie spätabends untergegangen war. Einige waren jedoch anders ausgerichtet. Es sah aus, als ob sie sich von etwas abzuwenden versuchten. Plötzlich erklang wieder das Brüllen. Die Stimme war heiser, aber noch immer voller Wut. Bob klemmte sich den Erste-Hilfe-Kasten fester unter den Arm und setzte seinen Weg fort.

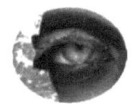

D er Mann kam nicht die Straße herauf, sondern schlich sich am Waldrand entlang auf die Hütte zu. Er trug einen weißen Kittel und hatte eine kleine Kiste bei sich. *War es der Kerl mit dem Bier und dem Benzin?*

Wer sollte es sonst sein? Martins Augen schmerzten, und sein Schädel war ein Rummelplatz, in dem sein Gehirn Achterbahn fuhr. Seine Füße fühlten sich an, als ob sie bis über die Knöchel in zähem Morast steckten, und seine Arme hingen schlaff herunter. Seine linke Hand hielt den Griff der Axt umklammert, aber ein Finger nach dem anderen lockerte sich. Jetzt kam der andere, auf den er so lange gewartet hatte. Er hatte seinen Namen und auch sein Gesicht vergessen. Gleich würde Martin ihn sehen. Dann würde er ihn erkennen, und er würde wissen, was er mit dem langen Stiel in seiner Hand anfangen würde, an dessen Ende ein Stück Metall in der Sonne glänzte. *Hatte sich seinen Doktorkittel übergezogen, um auch hier im Wald noch ein wenig anzugeben, der eitle Hund. Was hatte er da bei sich?* Es sah aus wie ein kleiner Koffer. Darin konnte kein Bier sein, zumindest nicht viel. Als er seinen Entschluss gefasst hatte, fühlte Martin, wie die Kraft in seine Arme und Beine zurückkehrte. Er setzte einen Fuß vor den anderen, zunächst vorsichtig, als ob er befürchtete, in Treibsand zu treten. Dann ging er mit zunehmender Sicherheit immer schneller. Er musste sein Ziel erreichen, bevor ihn seine Kräfte wieder verließen.

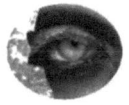

D er Mann hatte einige Zeit unbeweglich in der Sonne gestanden, und Bob fragte sich, ob er vielleicht einen Hitzschlag erlitten hatte. Es war offensichtlich der Mann, der geschrien hatte. Als er sich in Bewegung setzte und wieder sein heiseres Brüllen ertönte, gab es keinen Zweifel mehr. Bob sah die Axt und fragte sich, ob es eine gute Idee gewesen war, nach der Ursache der

Schreie zu suchen. Er hatte keine Zeit, sich weitere Fragen zu stellen. Der Mann kam in Schlangenlinien, aber mit ungeheurer Geschwindigkeit auf ihn zugelaufen und brüllte ihn wütend an. Er war vermutlich betrunken oder stand unter Drogen. Keine Chance, mit ihm zu diskutieren oder ihm die Axt abzunehmen. Bob drehte sich um und begann zu laufen. Er war kein guter Läufer, aber er kannte die Umgebung und traute sich zu, im rechten Augenblick einen verschlungenen Seitenpfad einzuschlagen. Als er erneut am Feld mit den Sonnenblumen vorüber kam, ließ er endlich den Erste-Hilfe-Kasten fallen und wurde etwas schneller. Die schweren Schritte des Mannes hinter ihm kamen näher, aber nicht so schnell, wie Bob befürchtet hatte. Vielleicht konnte er es noch bis zum Testgelände schaffen. Er gestattete sich einen Blick über die Schulter, als er an ein ebenes Stück des Waldweges kam. Alles in Ordnung. Sofern es in Ordnung sein konnte, dass man von einem Wahnsinnigen mit einer Axt verfolgt wurde. Als er seinen Kopf wieder nach vorne wandte, sah er für den Bruchteil einer Sekunde die Katze. Sie lag noch immer auf dem Weg und ruderte mit den Beinen in der Luft, bis Bobs rechter Fuß sie in vollem Lauf in die Seite traf und ihr einige Rippen brach. Sie rollte zur Seite und verblutete langsam, während sie noch immer nach ihrem Wollknäuel suchte, das niemals dagewesen war. Bob fiel der Länge nach auf den harten Waldweg. Das Ende einer Wurzel bohrte sich in seine Wange, und seine Hoden schienen auf einem spitzen Stein gelandet zu sein. Hinter ihm erklang triumphierendes Geheul. Unter Schmerzen drehte Bob sich auf den Rücken und sah in Martins Gesicht. Schwarze Augen, hinter denen sich nichts als Leere zu verbergen schien, blickten zurück.

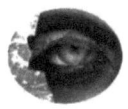

Erst war alles voller seltsamer Farben, dann wieder schwarzweiß. Beides hätte Martin nichts ausgemacht, aber der Wechsel schmerzte seine überreizten Augen. Er spürte seine Beine nicht mehr, aber sie schienen zu funktionieren, da die Landschaft an ihm vorüber flog. Die Axt in seiner Faust war schwer, aber sie fühlte sich gut an. Vor ihm lief das Kaninchen, das er fangen musste. Er wusste nicht mehr warum, nur dass es ein sehr großes und schnelles Kaninchen war. Es durfte ihm nicht entkommen. Es hatte Angst, das spürte Martin. Kurze Zeit befürchtete er, dass es ihm entwischen würde, aber dann hatte er es in der Falle. Es legte sich auf den Rücken und winselte. Es hatte sein Bier gestohlen und auf der Flucht fallen gelassen. Alles wurde dunkel, und ein Rauschen erhob sich in den Wäldern, als ob Tausende von Hummeln auf einmal gestartet waren. Martin spürte, dass die Geräusche und die Dunkelheit aus seinem Kopf kamen, aber er konnte nichts dagegen tun. Er schüttelte sich und schlug sich mit dem flachen Teil der Axt gegen die Stirn. Das Dröhnen schwoll an, und vor seinen Augen erschienen wieder bunte Muster. Er musste seine Arbeit tun, bevor es zu spät war. Wenn er sie rechtzeitig erledigte, würde alles gut werden. Alles würde wieder in Ordnung kommen. Das Bier, der Kerl, das Benzin, seine Frau, die anderen und die Dinge, die in seinem Kopf in Unordnung geraten waren – alles würde wieder so sein wie früher. Ein paar Dinge hatte Martin noch zu erledigen, doch das würde sich von selbst finden. Er hob die Axt mit beiden Händen, ließ sie niedersausen und freute sich, dass es so einfach war.

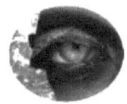

F rank war froh, dass sein alter Renault die Steigung ohne Probleme gemeistert hatte. Die Reifenpanne auf den ersten Metern des Feldweges hatte ihm gereicht. Das Bier im Kofferraum war warm, dennoch hatte er sich erst einmal eine Flasche gegönnt, bevor er weitergefahren war. Hier würde ihn vermutlich kaum eine Polizeistreife anhalten. Martin wartete bestimmt schon ungeduldig, aber dafür würde in der Hütte alles vorbereitet sein. Er bog um die letzte Kurve und sah Martins Auto. Die Scheiben waren eingeschlagen und die Karosserie verbeult, wie von Hammerschlägen. Etwas lag hinter dem Wagen. Frank zögerte und dachte einen Augenblick darüber nach, zurückzufahren. Dann stellte er dennoch den Motor ab und stieg aus. Er nahm die schwere Stabtaschenlampe, die er sich für dieses Wochenende gekauft hatte. Er rief Martins Namen, bekam aber keine Antwort. Langsam näherte er sich dem Auto und ging darum herum. Auf dem Boden lag ein Mensch. Es war Martin. Mit seiner rechten Hand hielt er eine blutige Axt umklammert. Um ihn herum lagen Verbände, Pflaster, eine Schere und eine Flasche mit Desinfektionsmittel verstreut. Frank konnte keine Wunden an dem Körper entdecken. Martins Augen waren weiß und starrten in die Sonne, die gerade ihren Zenit erreicht hatte. Er war tot. Kein Windhauch regte sich. Bis auf das Summen von unzähligen Fliegen herrschte absolute Stille. Frank ging rückwärts zu seinem Auto, um sein Mobiltelefon zu holen. Während er mit der Notrufzentrale sprach, ließ er die Hütte und den Wald keine Sekunde aus den Augen. Es würde eine Weile dauern, bis Hilfe eintraf. Frank umklammerte die Taschenlampe und ging zu der Hütte.

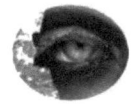

Der Arzt traf eine halbe Stunde später zeitgleich mit der Polizei ein. Sie fanden eine Leiche neben dem Wagen, wie es der Anrufer beschrieben hatte. Der Mann war offensichtlich an einem Gehirnschlag gestorben, wie es die Autopsie später bestätigte. Hinter der Hütte lag ein zweiter Mann. Er war ohnmächtig und musste ins Krankenhaus gebracht werden. Er lag vor einer Wand, an der ein menschlicher Körper hing. Jemand hatte ihn geköpft und mit den Beinen nach oben an die Bretterwand genagelt. Große, an den Rändern ausgefranste Schnitte führten von seinem Hals zum Bauch, aus dem seine Gedärme herausquollen. Man hatte versucht, ihm die Haut abzuziehen. Die Polizisten fanden die Reste des Kopfes um den Spaltblock verteilt. Ein Namensschild an einem blutbefleckten Laborkittel erleichterte die Identifizierung, aber der Ablauf und die Motive des Verbrechens lagen im Dunkeln.

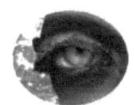

Das von Bob ausgewechselte Prisma hielt, bis der Strahler durch ein anders konstruiertes Nachfolgemodell ersetzt wurde. Niemals wieder entstand das Geräusch, das kein Mensch je gehört hatte.

ENDE

Das Geräusch erschien in einer früheren Fassung im April 2006 in der fantastischen Zeitschrift **phantastisch!** unter dem *Pseudonym Edgar Philips. Für diese Buchausgabe wurde die Story komplett überarbeitet.*

Gerd Rödiger

Ein Besucher

Ich saß auf dem Dach meines Hauses, ließ die Beine über den Rand baumeln und beobachtete den Sonnenuntergang. Unten flackerten die Laternen einige Minuten, bis sie ihre Betriebstemperatur erreicht hatten und die Straßen in ein gelbes Licht tauchten. Einzelne Lampen hinter Wohnzimmer- und Küchenfenstern folgten ihnen. Der Sommer lag in den letzten Zügen, und von den Biergärten schwoll der Lärm noch einmal verhalten an. Ich griff nach meinem Glas und prostete den unsichtbaren Zechern zu. Ich beglückwünschte mich, dass ich das Cocktail-Glas bis an den Rand gefüllt hatte. Das Dach war gerade flach genug, um darauf gehen zu können, doch es gab kein Geländer. Ich hatte keine Lust, unnötig herumzuspazieren. Wahrscheinlich verstießen sowohl das Dach als auch meine Anwesenheit hier gegen mehrere Vorschriften. Es war aber ein schöner Abend, und ich liebte es, hier zu sitzen.

Leichter Wind kam auf, immer noch eine warme Brise, und noch keine Spur von Herbst. Je nachdem, wie sich seine Richtung änderte, wurde die Musik, die ich im Wohnzimmer angestellt hatte lauter oder verschwand für einige Sekunden, überdeckt von den verklingenden Geräuschen der Stadt. Ich zündete mir eine Zigarette an und verfolgte den Rauch, wie er in Spiralen aufstieg und sich schließlich in der Dämmerung verlor. Meine Arbeit war für heute getan, und zwei Tage süßen Müßiggangs lagen vor mir. Tina würde am Sonntag von ihrer Dienstreise zurück sein; spätestens dann war auch die Zeitspanne abgelaufen, die wir es ohne einander aushalten konnten. Noch war ich mir nicht sicher, ob ich sie mit einem Fünf-Gänge-Menü oder einfach nackt unter meinem Bademantel begrüßen sollte. Mir blieb noch genügend Zeit, darüber nachzudenken. Die Wohnung hatte ich bereits wieder in Ordnung gebracht; sie würde nichts bemerken. Ich schnippte die Kippe über den Rand, konnte aber von hier oben nicht erkennen, wo sie landete. Es war gut, wenn Tina weg war, während ich Arbeit zu erledigen hatte. Ich war wie ein Tier, wenn ich mich auf meine Aufgabe stürzte. Das würde sie nicht verstehen.

Inzwischen vermisste ich sie. Ich dachte an die Tage, die wir vor ihrer Abreise verbracht hatten, und träumte von denen, die auf Sonntag folgen würden. Ich betrachtete mein Glas und stellte fest, dass ich es bereits zur Hälfte ausgetrunken hatte. Der Himmel war wolkenlos und die Temperatur angenehm. Vielleicht würde ich mir noch einen zweiten Drink machen. Später. Ich legte mich auf den Rücken und wärmte mich an den Dachziegeln, die sich den ganzen Tag über aufgeheizt hatten, und schloss die Augen.

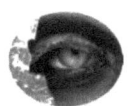

Der Wind legte sich endgültig, und bis auf einzelne Stimmen auf der Straße – und etwas, das sich wie ein streunender Hund anhörte – war alles still. Die CD, die ich eingelegt hatte, musste bereits durchgelaufen sein. Ich hatte keine Uhr mitgenommen und war überrascht. Die Sonne war verschwunden und der Mond noch nicht zu sehen, obwohl er bereits hinter den Hügeln zu ahnen war. Ich musste ungefähr für eine halbe Stunde eingenickt sein. Irgendetwas hatte mich geweckt.

Benommen blickte ich mich um. Für die Dauer eines Atemzuges glaubte ich, hinter mir etwas aufleuchten zu sehen. Wie eine Glühbirne, die beim Anschalten durchbrannte. Oder den Strahl einer Taschenlampe, der kurz auf mich geschwenkt wurde. Ich drehte meinen Kopf ein Stück und sah ein gedämpftes Licht durch meine Wohnung wandern. Ein Einbrecher? Oder Tina? War sie früher zurückgekehrt und wollte mich überraschen? Und mich erschrecken? Beides wäre ihr gelungen. Noch während ich versuchte, mir eben dies einzureden, fiel mir ein, dass sie keinen Schlüssel hatte. Sie gab ihn mir immer zurück, wenn sie auf eine längere Reise ging. Anfangs hatte ich gespottet, sie rechne damit, unterwegs einen anderen kennenzulernen und wolle sich die Peinlichkeit ersparen, mir den Schlüssel zurückgeben zu müssen. Aber sie war ein vorsichtiges Mädchen und hatte einfach Angst, ihn zu verlieren. Ich glaubte ihr. Sie war auch nicht der Typ, der sich heimlich einen Nachschlüssel besorgt hätte.

Aus den Augenwinkeln verfolgte ich den Lichtpunkt, der sich weiter in meine Wohnung zurückzuziehen schien. Ich sah nur noch die Schatten, die er warf. Niemand sonst besaß einen Schlüssel. Vielleicht hatte der Vorbesitzer des Hauses heimlich einen behalten. Aber ich wusste, dass er es nicht wagte, hierher zu kommen. Nicht, wenn er befürchten musste, mich anzutreffen. Die Musik hätte dem Besucher verraten müssen, dass ich da war, auch wenn man mich auf dem Dach kaum sehen konnte. Oder war er eingedrungen, als die CD bereits zu Ende war? Hätte ich ihn dann nicht hören müssen? Meine Hand zitterte, als ich das Glas an meine Lippen führte. Ich wagte nicht, es abzusetzen, aus Angst, das Geräusch würde meine Anwesenheit verraten. Ich hatte mich lange nicht mehr gefürchtet und war überrascht, wie sich diese beinahe vergessene Empfindung anfühlte.

Der Martini schmeckte plötzlich säuerlich.

Die Stereoanlage war eingeschaltet, und die Fenster zum Dach waren weit geöffnet. Wahrscheinlich war es nur eine Frage der Zeit, bis ich entdeckt wurde. Ich versuchte, mich daran zu erinnern, wie die Vorderfront des Hauses genau beschaffen war. Hundertmal hatte ich davor gestanden, und doch konnte ich jetzt nicht sagen, ob es auf dieser Seite ein Wasserrohr gab, an dem ich zumindest einige Meter nach unten klettern konnte. Ich wusste nicht, ob im Vorgarten ein dichter Busch wuchs, der meinen unweigerlichen Sturz abfangen würde. Der einzige Fluchtweg, der sich mir bot, war der Aufstieg zurück zum Fenster. Wenn er mich dort erwartete, hatte ich keine Chance; er würde mich mit einer Hand die Dachschräge hinunter stoßen können. Mein Kopf war leer, und mein inneres Auge sah nur Dunkelheit. Woher kam diese Furcht?

Ich erinnerte mich daran, was ich als Kind getan hatte, wenn ich glaubte, ein Monster in meinem Zimmer gesehen zu haben. Ich hatte meine Augen geschlossen, auf zehn gezählt, und wenn ich sie wieder geöffnet hatte, war das Monster verschwunden.

Ich drehte meinen Kopf wieder nach vorne und starrte in die Nacht. Ich war auf eine solche Situation nicht vorbereitet. Aber was konnte mir eigentlich passieren? Wenn es ein Einbrecher war, würde er mitnehmen, was er fand und dann wieder verschwinden. Wenn er mich sah, würde er vermutlich sofort Reißaus nehmen. Warum sollte er mich hinunter stoßen oder mir anderen Ärger machen? Das wäre Mord. Darauf legten es die wenigsten Einbrecher an. Es war mehr als unwahrscheinlich, dass ich ihn von hier aus würde erkennen können. Ich hoffte, dass der Eindringling zu demselben Schluss kam. Sollte er nehmen, was er tragen konnte und verschwinden! Ich hatte genug. Wenn ich etwas wollte, nahm ich es mir schließlich auch. Morgen würde ich ein neues Schloss und ein paar zusätzliche Riegel einbauen lassen und die Sache vergessen. Keine Polizei, das wäre nicht hilfreich.

So seltsam die Situation auch war, echte Gefahr schien mir nicht zu drohen. Es sei denn, es war gar kein Einbrecher. Aber wer dann? Die Polizei? Die hätte ich gehört. Man hörte sie immer schon von weitem, besonders, wenn sie versuchten, sich heimlich zu nähern. Und selbst wenn: Was hätten sie schon finden können? Schuhe, die zu irgendwelchen Spuren passten? Handschuhe? Ein blutiges Messer? Ich war vielleicht in letzter Zeit ein wenig nachlässig geworden, aber ich war kein Idiot. Es gab auch keine Papiere oder Verträge, die mich hätten verraten können.

In dem Moment, in dem ich beschlossen hatte, vorsichtig nach dem wandelnden Licht in meiner Wohnung zu sehen, hörte ich die Geräusche, die durch das Fenster drangen. Es klang, als ob jemand Möbel verrückte. Würden Einbrecher so einen Lärm machen? Ich hatte keine Nachbarn, die es hätte stören können. Unter der Wohnung war nur ein leerer Lagerraum, und ich hatte nicht vor, ihn in nächster Zeit zu vermieten.

Wie ich es als Kind getan hatte, schloss ich meine Augen und zählte, während ich das Glas zum Mund führte und es in einem Zug austrank. Das Brennen in meinem Magen und die Dunkelheit hinter meinen Augenlidern beruhigten mich etwas und brachten meinen Mut zurück. Ich würde die Augen öffnen, das Glas vorsichtig abstellen und dann nach oben gehen. Ohne ein Geräusch zu machen. Ein beherzter Sprung, und ich wäre drinnen. Ich würde rufen und dem Eindringling eine Chance geben zu verschwinden. Schließlich war ich kein Unmensch. Nicht heute. Wenn er die Gelegenheit zur Flucht nicht nutzte, würde ich ihm zeigen, bei wem er eingebrochen war. Es gab keinen Grund, sich zu fürchten. Nicht für mich. Das alles würde ich machen, sobald ich die Augen wieder geöffnet hatte. Ich hatte schon ganz anderes getan. Ich würde ihn lehren, was es bedeutete, sich in meinen Bereich zu wagen. Die Geräusche in meiner Wohnung veränderten sich. Sie wurden lauter. Anscheinend glaubte der Besucher, ungestört zu sein. Das Rumpeln und Quietschen würde meinen Aufstieg auf jeden Fall übertönen. Dennoch musste ich vorsichtig sein. Ich stellte mein Glas auf den Rand des Daches und drehte mich langsam um, während ich meine Beine nach oben zog. Sie waren eingeschlafen und knickten unter mir weg. Dabei stieß ich das Glas um, und es fiel in die Dunkelheit. Ich hörte keinen Aufprall, doch in demselben Moment verstummten die Geräusche von drinnen. Meine Position war mehr als unbequem, und ich konnte nicht lange so verharren. Vorsichtig legte ich mich auf das Dach und zog mich ein Stück nach oben. Durch das Fenster, das ungefähr vier Meter entfernt war, drang jetzt ein schleifendes Geräusch, dann hörte ich einen Knall, wie von einer zufallenden Tür. Danach war es still. War mein Besucher gegangen? Hatte er alles durchwühlt und seine Beute in ein Betttuch gewickelt, das er über den Boden nach draußen schleifte? Hatte er mich gehört und war geflüchtet? Mein Herz schlug gegen meinen Brustkorb, den ich mir an den Dachplatten aufgekratzt hatte. Mehrere Minuten lag ich regungslos und atmete so leise ich konnte. Es herrschte vollkommene Stille. Die Biergärten waren geschlossen, die Menschen wieder zu Hause. Auch der Hund, den ich vorhin gehört hatte, hatte sein Jaulen eingestellt. In meiner Lage konnte man mich von drinnen nicht sehen. Der Eindringling musste glauben, allein zu sein. Falls er noch da war. Ich wartete, doch nichts rührte sich. Kein Lichtschein fiel mehr aus dem Fenster. Ich richtete mich auf und rieb mir abwechselnd den schmerzenden Brustkorb und meine Beine, in denen das Blut wieder zu zirkulieren begann.

Die Straße unter mir war schwarz und menschenleer. Wenn mein Besucher das Haus bereits wieder verlassen hatte, dann war er sehr leise dabei gewesen. Genauso leise wie bei seinem Eindringen. Ich hatte lange genug gewartet, mir blieb keine andere Wahl, als durch das Fenster zu kriechen und nachzusehen. Auf allen Vieren näherte ich mich der Öffnung und kniff die Augen zusammen. Das Mondlicht warf lange Schatten in mein Wohnzimmer. Soweit ich sehen konnte, war niemand hier. Die Möbel standen alle an ihrem Platz. Ich sah keine geöffneten Schranktüren, ausgekippte Schubladen oder Ähnliches. Ich klammerte mich an den Fensterrahmen, schwang meine Beine durch die Öffnung und ließ mich ins Innere gleiten. Nichts rührte sich. Kein Geräusch, bis auf ein leises Brummen, das ich dem Verstärker meiner Stereoanlage zuschrieb. Meine Augen hatten draußen genügend Gelegenheit gehabt, sich an die Dunkelheit zu gewöhnen, sodass ich mir nach wenigen Sekunden sicher sein konnte, allein zu sein. Ich atmete erleichtert auf. Ich inspizierte Schlafzimmer und Bad und fand nichts Ungewöhnliches. Wenn auch in der Küche niemand war, würde ich mir dort endlich einen zweiten Drink machen.

In dem Moment, als ich die Küchentür aufstoßen wollte, sah ich das Leuchten wieder. Es bestand aus zwei kleinen, hellen Punkten, die so eng beieinanderlagen, dass man sie aus einigen Metern Entfernung für einen einzelnen halten konnte. Während ich in mein Wohnzimmer gestiegen war, hatte der Dämon seine Augen geschlossen gehalten. Er brauchte sie nicht, um zu sehen. Doch jetzt hatte er sie geöffnet, damit *ich ihn* sehen konnte. Er kauerte in der Ecke, den langen Kopf ein wenig gesenkt und die Hinterläufe angezogen, so dass seine

Knie bis über die muskulösen Schultern hinaus ragten. Mit Ausnahme der Augen war sein ganzer Körper schwarz wie die Nacht und warf nicht einmal einen Schatten.

Er starrte mich an, und sein Blick beantwortete alle ungestellten Fragen. Er sprach von einem Vertrag, der nicht auf Papier geschrieben war und den ich dennoch unterzeichnet hatte. Er zählte meine Versäumnisse auf und nannte mir ein weiteres Mal die Konsequenzen, ohne sein Maul auch nur einen Spaltbreit zu öffnen. *Ob er geschickt war, mich daran zu erinnern und mich zu bestrafen? Oh ja, das war er.* Ohne Vorwarnung erhob er sich. Er richtete sich zu voller Größe auf und legte mir seine Pranken auf die Schultern. Die Klauen schnitten tief in mein schmerzendes Fleisch. Ich starrte in das leuchtende Augenpaar wie in einen Schacht, dessen Grund für Menschen unerreichbar war. Er hatte seinen Teil des Vertrags erfüllt. Ich hatte bekommen, was ich wollte. Es waren schöne, wilde Jahre gewesen. Jahre voller Blut und Gewalt, aber auch Jahre des Triumphs und voller orgiastischer Freuden. Sein Atem stank nach Schwefel und raubte mir die Sinne. Für einen Augenblick hoffte ich, die Betäubung würde die Schmerzen lindern, aber ich täuschte mich. Der Dämon riss seine gewaltigen Kiefer auf, und als sie zuschnappten, war der Schmerz unbeschreiblich und unerträglich. Er war gewaltig. Solange ich konnte, schrie ich. Der Schmerz war so groß, dass er mich aus meinem Körper drängte. Der Dämon fraß voller Wut und Zerstörungslust. Er wütete in meinem Leib, bis dieser keine menschliche Form mehr besaß.

Als der Dämon sein Werk vollendet hatte, sah er mich an. In seinem Blick war kein Hass. Ich glaubte sogar, Verständnis zu sehen. Dann drehte er sich um. Wie eine Raubkatze auf der Jagd lief er mit großen Sprüngen auf die Tür zu, die sich vor ihm öffnete. Er hetzte die Treppen hinunter und verließ das Haus mit einem Satz, der ihn bis über die Straße trug. Er setzte seinen Lauf unvermindert fort, und mit großen Sprüngen rannte er durch die Straßen, ohne dass ihn jemand sah.

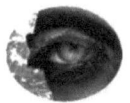

Tina würde bestimmt einen Schock bekommen, wenn sie von der Polizei gebeten würde, mich zu identifizieren. Wenn das überhaupt möglich war. Ich erschauerte, aber ich musste mich damit abfinden, dass dieses Leben unwiederbringlich verloren war.

Ich lief neben dem Dämon her; so schnell, dass mir der Geifer aus der Schnauze lief und sich auf meinem Fell verteilte. Als wir den Wald erreicht hatten, zögerte ich einen Augenblick. Ich richtete mich ein wenig auf und blickte zurück auf die Stadt. Ich sah das Haus im Mondlicht glänzen. Fünf Jahre hatte ich darin gewohnt. Fünf Jahre, die mir jetzt wie wenige Sekunden vorkamen. Meine kurze Zeit mit Tina: nichts als ein Augenblick; ein Wimpernschlag, mehr nicht. Sie hatte Glück gehabt. Mehr als die anderen, die ich vor ihr getroffen hatte. Sie hatte überlebt. Einen letzten Gedanken verschwendete ich noch an sie und an die Zeit, die wir hätten miteinander verbringen können. Dann war es vorbei, und wir liefen weiter. Es ist so wenig, was uns hier vergönnt ist, und nie ist es von Dauer.

ENDE

José V. Ramos
Das Ende der Nahrungskette

H ermann Ganz stand in Flammen.

Deutschland erlebte die kälteste Nacht dieses arktischen Winters, der das Land seit Wochen in seinem eisigen Griff hielt, doch Ganz zitterte nicht vor Kälte. Ein fiebriges Feuer verzehrte ihn von innen.

Er kauerte gekrümmt auf einer Sitzbank der U-Bahn, die ihn in die Randbezirke der Stadt mitnahm. Es war spät in der Nacht, aber es war nicht die letzte U-Bahn, die diese Strecke zurücklegte.

Er lehnte seine glühende Stirn gegen die kalte, zerkratzte Fensterscheibe, was jedoch keine nennenswerte Linderung brachte. Seine zerschlissene, dunkelblaue Daunenjacke hatte er bis über beide Ohren gezogen, als könnte das irgendetwas gegen das Fieber in seinem Körper bewirken. Er fröstelte unkontrolliert und konnte das Klappern seiner verbliebenen Zähne nur mühsam unterdrücken.

Er fühlte sich beschissen, aber so war es nicht den ganzen Tag über gewesen. Das Fieber war erst am Spätnachmittag mit ganzer Kraft über ihn gekommen. Er hoffte, dass es wirklich nur Fieber war, weil er sich irgendetwas auf der Straße eingefangen hatte und sein Körper nun dagegen ankämpfte. Aber wenn er ehrlich zu sich war, fühlte es sich nicht so an.

Zuerst hatte sein rechter Unterarm höllisch zu jucken begonnen, genau an der Stelle, wo ihn dieses merkwürdige Tier vor ungefähr vier Wochen gebissen hatte, das ihn mitten in der Nacht, knurrend und zähnefletschend, unter der Brahmsbrücke angefallen hatte. Es war plötzlich aus der Dunkelheit über ihn hergefallen und hatte seine Reißzähne tief in seinem Arm versenkt. Ganz wusste gar nicht, wie ihm geschah, so schnell erfolgte der Angriff. Doch zum Glück waren Zigge und Bär, ein paar Obdachlose wie er, ihm zu Hilfe geeilt und hatten diesen vermutlich verwilderten Hund mit lauten Schreien und Tritten verjagt. Nicht auszudenken, was passiert wäre, wenn die beiden nicht an Ort und Stelle gewesen wären. Trotz ihres raschen Eingreifens hatte er eine tiefe, schmerzhafte Fleischwunde am Unterarm davongetragen. Er hatte sich aus einem alten, fleckigen T-Shirt einen Verband gebastelt, denn einen Arzt konnte er sich schon lange nicht mehr leisten. Gott sei Dank war die Blutung rasch versiegt und die Wunde ohne Entzündung und Narben innerhalb von ein paar Tagen verheilt. Das hatte ihn zunächst sehr erstaunt, aber dann hatte er den ganzen Vorfall rasch vergessen, weil er in seine alljährliche Weihnachtsdepression geschlittert war. Weihnachten war die schlimmste Zeit für ihn, seit er sein altes Leben vor ein paar Jahren verloren hatte.

Doch heute, als sein Arm sich plötzlich bemerkbar gemacht hatte, war die Erinnerung an jenen nächtlichen Angriff mit aller Macht zurückgekehrt. Vielleicht war dieser Köter doch mit irgendetwas infiziert gewesen. Tollwut oder einem anderen Scheiß, den Hunde manchmal so übertrugen.

Das Blut in seinen Adern schien jetzt zu kochen, und die heißkalten Schauder kamen in immer kürzeren Wellen über ihn. Nur mit Mühe konnte er das Wimmern unterdrücken, das aus der Tiefe seiner Kehle hochstieg.

Hermann Ganz hätte lügen müssen, wenn er heute behauptet hätte, keine Angst zu haben, bald zu krepieren.

Sein Nachbar auf der gegenüberliegenden Sitzbank, ein Mann Mitte fünfzig, der einen schwarzen Wollmantel und einen breitkrempigen Hut trug, schielte verstohlen hinter seiner hochgehaltenen Tageszeitung zu ihm rüber. Das Unbehagen, das ihm die Nähe zu Ganz bereitete, war deutlich auf seiner gerunzelten Stirn abzulesen.

Trotz getrübtem Blick konnte Hermann Ganz die übergroßen Schlagzeilen und die Texte darunter auf der Titelseite der Zeitung entziffern. Bis zu minus 31 Grad Celsius erwartete man in gewissen Regionen des Landes in dieser Januarnacht. Die Meteorologen in den Medien rechneten fest damit, dass ein alter Kälterekord aus Vorkriegszeiten mit Leichtigkeit gebrochen werden würde.

Die Kälte der letzten Wochen war mörderisch gewesen. Vor allem, wenn man wie Hermann Ganz obdachlos war und nachts mit viel Glück in bescheidenen Notunterkünften der Stadt unterkam. Doch heute war er zu spät dran. Er hatte zu lange sein Bettelglück auf den Straßen und Plätzen der Innenstadt herausgefordert, um noch eine vakante Stelle in einem Heim zu ergattern. Heute Nacht würde er wohl oder übel ein geschütztes Plätzchen im Freien suchen müssen. Eine Unterführung oder den Vorraum einer Bank, wo er neben den Bankautomaten seinen Schlafsack ausrollen konnte. Zur Not würde er einfach in Bewegung bleiben, bis der Morgen graute. Doch er hatte schon eine Idee, wo er diese Nacht unterkriechen würde. Aber das war im Moment seine geringste Sorge.

Er hob seine rechte Hand vor das Gesicht und betrachtete sie irritiert. Fast glaubte er lodernde Flammen aus seinen Fingerspitzen schlagen zu sehen. Und dort, wo seine rissigen Fingernägel hätten sein sollen, ragten lange, spitze Krallen in die Luft.

Oh, mein Gott, er halluzinierte bereits.

Er blinzelte erschrocken, und die Hand vor seinen Augen war wieder seine Hand, wie er sie seit Jahr und Tag kannte. Er ballte die Hand zu einer Faust und ließ sie in seinen Schoß sinken. Sein Sitznachbar verbarrikadierte sich demonstrativ hinter seiner Zeitung und bekam nichts von alledem mit.

Als er vor 45 Minuten in die U-Bahn gestiegen war, war das Abteil fast vollständig besetzt gewesen. Es hatte Gedränge im Gang geherrscht, und die Leute waren sich fast auf den Füßen gestanden. Ein letzter Schwung an Shoppern, Geschäftsleuten, Schülern und Studenten, die sich von der Bahn aus dem Zentrum in die anonymen Vorstädte karren ließen.

Der Zug klapperte die ganzen Haltestellen auf der Strecke ab, und mittlerweile hatte sich das Abteil wieder deutlich geleert. Die U-Bahn näherte sich unermüdlich der Endstation. Noch zwei bis drei Stationen, schätzte Hermann Ganz erschöpft. Einige Sitzreihen weiter vorne saß noch eine mit Schal und Wollmütze dick vermummte Frau, deren Alter in dieser Kluft nur schwer zu schätzen war. Sie hatte eine große Kaufhof-Tüte neben sich auf der Bank und wankte fast apathisch im holprigen Schlingerkurs der U-Bahn, vor und zurück, vor und zurück. Ihr Blick war in ihre private Unendlichkeit gerichtet.

Am Durchgang zum nächsten Abteil saßen zwei junge Mädchen, die sich zusammen ein Paar weiße Ohrhörer teilten und neben dem Lauschen der Musik ständig am Tuscheln und Kichern waren. Eigentlich saßen die beiden zu weit weg, um ihre Unterhaltung durch das Rumpeln der fahrenden U-Bahn belauschen zu können. Aber dennoch hatte Ganz das irritierende Gefühl, dass er Bruchstücke davon zu klar und zu deutlich durch den Fahrlärm empfangen konnte. Sein Gehör war an diesem

Abend überraschend empfindlich. Das Durcheinander der Geräusche in dem Wagon war zu einer wahren Kakophonie angeschwollen, die schmerzhaft seine Ohren attackierte.

Und sein Geruchssinn ...Wahnsinn!

Wenn er die Augen schloss und sich konzentrierte, konnte er durch den abgestandenen Mief im Abteil den feinen Apfelduft des Duschgels deutlich herausschnuppern, das die Linke der beiden Gören vor zig Stunden, am frühen Morgen, verwendet hatte. Ganz zu schweigen von den Resten des frisch-herben Rasierwassers und den stechenden Dämpfen der Druckerschwärze der ausdünstenden Zeitung, die von seinem Gegenüber rüber waberten.

Seine Sinne waren auf das Äußerste geschärft. Er hatte so einen Zustand noch nie zuvor in seinem Leben erfahren.

Es machte ihm Angst.

Hermann Ganz drehte seinen Kopf mit den strähnigen, ungewaschenen Haaren gegen die große, graustichige Glasscheibe, in der sich das ganze Abteil widerspiegelte. Sein Blick fiel nach draußen, in die flirrende Dunkelheit des vorbeiziehenden U-Bahn-Tunnels. Er sah seinem Spiegelbild in die Augen, und ein Fremder starrte zurück.

Die arktische Kälte der letzten Tage hatte ihm auf seinen Betteltouren durch die Stadt sichtbar zugesetzt. Seine Lippen waren spröde und rissig und lösten sich in unappetitliche Hautfetzen auf. Ein ungepflegter Vollbart wucherte wild in seinem Gesicht, aber er schützte ihn wenigstens etwas vor dem beißenden Frost.

Drei Jahre auf der Straße hatten unweigerlich tiefe Spuren in sein Antlitz gegraben. Ein ahnungsloser Beobachter hätte ihn, wenn seine Schätzung wohlwollend ausgefallen wäre, nicht jünger als fünfundfünfzig geschätzt. Dabei hatte er erst im Herbst seinen dreiundvierzigsten Geburtstag mit Dosenbier und einer Flasche Korn aus dem Discountmarkt gefeiert. Zusammen mit Zigge, Bär und Wolle, seinen paar Straßenkumpanen, denen das Leben ebenfalls einige böse Stockhiebe verpasst hatte. Nach der langen Zeit auf der Straße kannte man sich einfach.

Jetzt, wo er sich daran erinnerte, fiel ihm schaudernd ein, dass er die ausgemergelte Gestalt Wolles das letzte Mal während seiner improvisierten Geburtstagsfete unter der Brahmsbrücke gesehen hatte. Ihren ganzen bescheidenen Möglichkeiten zum Trotz war es ein netter Abend gewesen, der irgendwann in Bier und Schnaps ertränkt worden war. Am nächsten Morgen, als er verkatert auf der fleckigen Wellpappenunterlage zu sich gekommen war, waren seine Kumpel bereits ohne große Verabschiedung aufgebrochen.

Ein paar Tage später hatte man Wolles verstümmelte Leiche in den Möbius-Parkanlagen aufgefunden, und die Polizei hatte in den darauffolgenden Tagen in der einschlägigen Szene ermittelt. Soweit er es mitbekommen hatte, war der Irre, der Wolle in blutige Einzelteile zerlegt hatte, immer noch auf freiem Fuß. Er glaubte nicht, dass die Ermittler der Polizei große Anstrengungen unternahmen, den Mörder eines Obdachlosen aufzuspüren. Hermann Ganz machte sich nichts vor: Er und seine Bekannten waren schon lange von der letzten Sprosse der Gesellschaftsleiter in den schwarzen Bodensatz gefallen, der sie wie Treibsand langsam immer tiefer hinabzog.

Eine blecherne Stimme aus dem Nichts verkündete »Nächster Halt: Friedrichstraße. Ausstieg in Fahrtrichtung links.«

Sein Gegenüber faltete hektisch die Zeitung mit den großen schwarzen Überschriften zusammen und steckte sie aufrecht in den Schlitz zwischen Sitzbank und Wand des Wagons. Dann begannen auch schon, die Bremsen der U-Bahn ohrenbetäubend zu kreischen. Hermann Ganz musste sich die Ohren zuhalten, damit seine Trommelfelle nicht von dem Krach platzten und Blut aus seinen Ohren schoss. Der Mann, im teuren Wollmantel und mit Hut, stand auf, hielt seine Lederaktentasche in einer Hand und griff mit der anderen eine der zahlreichen Halteschlaufen, die von der Decke des Wagons hingen. Er schwankte kurz, bis er sein Gleichgewicht fand und torkelte dann zur nächsten Schiebetür.

Die Schwärze des Tunnels wich der grellen Helligkeit des unterirdischen Bahnsteigs Friedrichstraße.

Die Bahn rollte herein und kam zum Stillstand, und die Türen öffneten sich zischend. Hermann Ganz erhaschte einen letzten Blick auf seinen ehemaligen Sitznachbar, der mit strammen Schritten über den Bahnsteig stapfte. So viel Energie am Ende eines langen Tages. Hermann Ganz war beeindruckt.

Vor vier Jahren hatte er auch noch zu dieser Sorte Mensch gehört, den sogenannten Leistungsträgern der Gesellschaft. Das schien eine Ewigkeit her zu sein. Damals hatte er alle ausgelacht, die das Horrormärchen erzählten, wie rasant der Abstieg in die Gosse erfolgen konnte, wenn die Umstände einem den Boden unter den Füßen wegzogen.

Heute, vier Jahre später, lachte er nicht mehr darüber. Er hatte es am eigenen Leib bitter erlebt.

Vom Bahnsteig blies kalte Zugluft ins Abteil. Es gab ein piepsendes akustisches Signal, als sich die Türen wieder zu schließen begannen, dann folgte lautes Gelächter, als drei Jugendliche gerade noch rechtzeitig durch die zugleitenden Türen sprangen.

Die drei polterten durch den Mittelgang, und obwohl der Wagon fast leer und überall genug Platz war, ließen sie sich genau in die nächste Sitzreihe vor Hermann Ganz plumpsen. Bevor er auch nur ein Wort von den drei Neuzugängen vernahm, stieg ihm bereits der klebrig süße Duft von Red Bull und der von klarem Wodka in die empfindliche Nase.

»Gib mir die Pulle, Adi!« Eine schlanke Kristallflasche mit blauem Etikett wurde rumgereicht, und der Kerl in dem schwarzen Daunenblouson und der schwarzen Strickmütze, auf der BRONX in großen weißen Lettern gestickt war, nahm einen beherzten Schluck daraus. In der linken Hand des Typen befand sich eine schmale Dose Red Bull, aus der er ebenfalls trank. Dann gurgelte er lautstark und mischte die beiden Flüssigkeiten in seinem Rachen. Sein Adamsapfel hüpfte hektisch, als er die Mixtur endlich schluckte.

Gelächter.

»Krass, Alter« stieß der Junge neben ihm aus, den er vorhin Adi genannt hatte, und der von Kopf bis Fuß in einem knallroten Adidas-Trainingsanzug steckte. Die Markentreue des Jungen hatte jedoch an seinen Füßen Halt gemacht, die in blau-weißen Nike-Shox steckten. Für die herrschenden Minustemperaturen war der Junge viel zu leicht angezogen. Adi riss dem Jungen mit der Strickmütze die Wodka-Pulle aus der Hand und ließ gierig die klare Flüssigkeit in sich hineinlaufen.

»Wow, das brennt. Geil. Willste, Jogge?«

Der Dritte im Bund, ein junger Mann mit langem Bartflaum an Kinn und Wangen und mit Baggy-Pants ausgestattet, die ihm jeden Moment in die Kniekehlen zu rutschen drohten, wirkte leicht abwesend und winkte ab.

»Muss gleich kotzen ... glaub ich.« Ein fetter Rülpser blubberte aus seiner Kehle, und die anderen zwei lachten dröhnend.

»Benimm dich, du Sau! Bist nicht zu Hause!« Wieder viel zu lautes bellendes Gelächter.

»Leckt mich!«

Die U-Bahn war stockend wieder angerollt und in das verschlungene Tunnelgedärm unter der Stadt eingetaucht. Hermann Ganz hatte seinen Blick nach draußen in die Dunkelheit des Tunnels gewandt. Wenn er eins in den Jahren auf der Straße gelernt hatte, dann, dass man alkoholisierte Halbstarke am besten wie Luft behandelte und ihnen, wenn möglich, aus dem Weg ging. Das war der eigenen Gesundheit am dienlichsten. Die Jugendlichen heutzutage fackelten nicht lange, wenn es darum ging, einem ein Klappmesser zwischen die Rippen zu rammen oder eine Knarre an die Schläfe zu halten. Vor allem, wenn man wie er am Ende der Nahrungskette baumelte. Für derartige Prolls war seinesgleichen nur Abschaum, den man mit Tritten und Schlägen in die Schranken verwies, wenn er aufzumucken wagte.

Obwohl er eigentlich mit sich selbst und seinem fiebrigen Gesundheitszustand ausreichend beschäftigt war, gelang es ihm, über die Spiegelung in der Fensterscheibe die drei Kerle in dem Sitzabteil vor ihm im Auge zu behalten.

Sie ließen die Wodkaflasche kreisen, kickten die leere Red-Bull-Dose durch den Gang des Abteils, johlten und lachten lauthals über ihre dummen Witze und Anekdoten.

»... hab ihr gesagt, dass sie sich den Test dahin stecken kann, wo die Sonne nie hin scheint.«

»Voll krass, Mann!«

Die verbliebenen Zuggäste versuchten ebenfalls die drei Jugendlichen zu ignorieren, warfen nur hin und wieder verstohlene Seitenblicke zu ihnen rüber. Keine Aufmerksamkeit erregen, lautete die Devise aller noch verbliebenen Fahrgäste.

Doch irgendwann, nach der Haltestelle Neptunstraße, passierte das Unvermeidliche.

Der Junge mit der schwarzen Bronx-Mütze stand plötzlich neben Ganz und hielt ihm die halbleere Wodkaflasche vor das schmerzverzerrte Gesicht.

»Hey Alter, du siehst echt beschissen aus. Willste einen Schluck?«

»Was?«

Hermann Ganz blinzelte überrascht, als er seine davon jagenden Gedanken wieder einfing und zu dem Kerl hoch starrte, der bedrohlich nah neben ihm aufragte. Ein roter Film hatte sich plötzlich über seine Augen gelegt und tauchte die ganze Umgebung in Blut. Irgendetwas stimmte mit ihm überhaupt nicht. Sein Zustand verschlimmerte sich zusehends.

»Ob du was abhaben willst? Siehst aus, als könntest du's vertragen.« Die Freunde der Bronx-Mütze hatten sich hinter ihm aufgebaut und flüsterten miteinander, so laut, dass Ganz jedes Wort deutlich vernehmen konnte.

»Bevor ich so ende, baller ich mir lieber ne Kugel innen Kopf. Darauf kannst du einen lassen«, raunte Adi seinem Nebenmann mit den ausgebeulten Hosen zu, der sich nur mit Mühe neben ihm auf den Beinen halten konnte.

»Mach das Handy startklar, Jogge. Es ist gleich soweit.« Jogge, der eindeutig zu viel gesoffen hatte und eine deutliche Schlagseite aufwies, fummelte mühsam aus den Taschen seiner rutschenden Hose ein flaches Smartphone mit großem Display raus.

Die ganzen Eindrücke und Stimmen prasselten ungefiltert auf Hermann Ganz ein, der die Welt wie durch eine blutverschmierte Glasscheibe betrachtete, und lenkten ihn von seinem Gegenüber und dessen Aufforderung ab, mit ihm aus der gleichen Flasche zu trinken.

Der verlor langsam aber sicher die Geduld.

»Ich red mit dir, du Penner. Hast du's mit den Ohren?«

Hermann Ganz starrte der Bronx-Strickmütze in die zusammengekniffenen Augen. Was wollte der Typ von ihm? Er hatte ihnen nichts getan; ihm war sterbend elend, und er wollte nur in Ruhe gelassen werden, die Endstation erreichen und sich ein geschütztes Plätzchen als Nachtlager suchen. Mehr wollte er gar nicht.

Warum konnten diese Idioten ihn nicht einfach links liegen lassen und sich um ihr eigenes kaputtes Leben kümmern?

Weil er am Ende der Nahrungskette hing. Das war der Grund. Die Großen fressen die Kleinen und die Kleinen die noch Winzigeren und so weiter, bis sie ganz unten auf Hermann Ganz stießen, der krank, schwach und wehrlos war.

Er versuchte zu sprechen, aber die Worte kamen nicht über seine Lippen. Nur ein kehliges Grunzen entwich seinem Mund.

Die Bronx-Mütze wandte sich an seine Kumpels und stieß ein trotziges Lachen aus.

»Der verarscht mich, Leute! Scheiße.«

Die körperlose Stimme der U-Bahn verkündete knisternd: »Nächster Halt: Rembrandtstraße. Ausstieg in Fahrtrichtung rechts.«

Ohne Vorwarnung vollführte der Mützenträger eine halbe Körperdrehung und stieß dabei die Hand mit der Wodkaflasche wie beiläufig in Ganz' Gesicht. Dann ließ er sich mit seinem ganzen Gewicht auf Ganz fallen und drückte ihn brutal in die Ecke des Sitzes gegen die Glasscheibe des schwankenden U-Bahn-Abteils.

»Keiner verarscht mich, verstehst du? Keiner!«

Hermann Ganz wand sich unter dem Gewicht seines Angreifers und rutschte langsam die Sitzbank hinunter. Seine alte Daunenjacke dämpfte etwas die Schläge, die der Kerl auf ihn herabprasseln ließ. Am schmerzhaftesten waren die mit der Wodkaflasche, die auf sein Gesicht zielten und meist auf seine schützend hochgehaltenen Arme trafen.

»Ich bring dir Respekt bei, du Opfer!«

Das Sitzabteil war eng, und der Angreifer konnte seine überlegene Position nicht ausspielen. Seine Begleiter, der Adidas-Freak und Jogge, drängten sich von hinten an ihren Anführer und schränkten ihn ebenfalls in seinem eh schon engen Handlungsspielraum ein. Der sturzbetrunkene Jogge hielt sein Handy hoch und versuchte die chaotische Szene einzufangen, filmte schwankend den Angriff.

»Halt drauf, Jogge!«, rief Adi immer wieder. »Halt einfach drauf!«

Hermann Ganz schaffte es, die Bronx-Mütze mit einem Zufallstreffer am Kinn von sich wegzustoßen. Die kurze Verschnaufpause nutzte er, um sich auf den Boden fallen zu lassen und unter den Sitz zu kriechen. Doch seine Hoffnung, unter den Sitzen des Abteils seinen Widersachern zu entkommen, war nicht von Erfolg gekrönt, denn die Angreifer packten ihn an den Beinen und versuchten ihn in den Gang hinaus zu zerren. Ganz umklammerte verzweifelt die im Boden festgenieteten Stahlstreben unter der Sitzbank, während seine Beine und der Unterleib in die Luft gehoben wurden.

Irgendjemand schrie etwas, das nach »Zieht ihn raus!« klang. Dann folgte Gelächter, das sich wie irres Gegacker in seinen Ohren anhörte. Die Stahlstreben, an denen er sich mühsam festklammerte, drohten langsam aus seinem Griff zu gleiten. Er würde sich nicht mehr lange halten können. Und dann wäre er schutzlos seinen Aggressoren ausgeliefert, die sicherlich keine Gnade mit ihm haben würden. Ganz verstärkte verzweifelt nochmals seine Anstrengungen, um nicht unter dem Sitz hervorgezogen zu werden. Er strampelte und kickte mit seinen Beinen, um die Hände, die nach ihm griffen, abzuschütteln.

Sein panischer Blick fiel auf seine klammernden Fäuste. Da waren die Krallenfinger wieder, messerscharf und spitz wie Dolche. Sie bohrten sich in seine eigenen Handballen. Siedendes Blut tropfte auf den Fußboden unter dem Abteilsitz. Der salzige, kupferne Blutgeruch stieg ihm in die empfindliche Nase, und für einen Augenblick überkam ihn eine gespenstische innere Ruhe.

Er spürte, wie seine gebrechliche menschliche Hülle von ihm abfiel, und er innerhalb weniger Augenblicke zu einem todbringenden Bündel aus blitzschnellen Reflexen und unbezähmbaren Urinstinkten mutierte.

Er schüttelte die Schwäche, das Fieber einfach von sich ab, wie ein Hund, der sich nach einem Spaziergang im Regen das Fell ausschüttelt. Eine unbändige, wilde Kraft durchströmte ihn vom Kopf bis zu den Füßen.

Er hatte die Wandlung vollzogen.

Zum ersten Mal hatte er seine innere Bestie entfesselt.

Die Bremsen des Zuges kreischten auf. Ein grell erleuchteter Bahnsteig tauchte aus dem Nichts auf. Der Krach vermengte sich mit einem unmenschlichen Schrei, der sich unvermittelt aus Ganz' Kehle erbrach.

»Was war das?«

Einen Moment lang waren seine Angreifer überrascht. Das Zerren an seinen Beinen ließ kurz nach, um dann mit voller Kraft wieder aufgenommen zu werden.

»Los!«, schrie der Anführer mit der schwarzen Mütze aufgebracht. »Los! Zieht das Schwein raus!«

Jogge, der mit alkoholisiertem Blick auf sein Smartphone-Display starrte, rief: »Die Speicherkarte ist gleich voll.«

Dann geschah alles blitzschnell.

Hermann Ganz löste seine Klauenhände von den Stahlstreben unter dem Sitz so unerwartet, dass die an ihm zerrenden Jugendlichen überrascht zurücktorkelten, als die aufgebaute Spannung sich explosionsartig entlud. Schneller als das menschliche Auge es verfolgen konnte, schoss Ganz' Körper unter dem Sitz hervor, vollführte eine Pirouette in der Luft. Seine langen Arme mit den krallenbewehrten Klauen am Ende wirbelten zischend wie Propeller durch die stickige Luft des Abteils. Der Rädelsführer der Angreifer blieb unverwandt stehen, versuchte zu begreifen, was um ihn herum in rasender Geschwindigkeit passierte und spürte nur den Hauch der verdrängten Luft, als Ganz' Krallenhand an seiner Kehle vorbeisauste.

Hermann Ganz landete vor ihm auf dem Boden und duckte sich angriffslustig, bereitete den nächsten todbringenden Sprung vor. Der Junge mit der Bronx-Mütze starrte mit schreckgeweiteten Augen in einen geifernden Schlund, aus dem fingerlange, rasiermesserscharfe Zahnreihen wuchsen wie windschiefe Palisadenzäune.

Die Bahn hielt ruckartig, und hinter den Jugendlichen glitten die Türen auf. Der Anführer wollte seinen Kumpels etwas zurufen. Doch die Worte kamen nicht über seine Lippen. Stattdessen blubberte blutiger Speichel aus seinem Mund. Der Schnitt war mit einer derartigen Präzision vollführt worden, dass der Junge gar nicht gespürt hatte, wie Ganz' spitze Krallen ihm die Kehle aufgeschlitzt hatten. Nun sickerten kleine, feuchtglänzende Rubine aus der Wunde und bildeten eine bizarre Perlenkette am Hals, bevor das Blut richtig zu fließen begann.

Als der Typ mit der Strickmütze tot zusammenbrach und zuckend auf den Boden des Abteils aufschlug, fiel die Schockstarre von den beiden verbliebenen Angreifern ab, und beide sprangen wie aufgeschreckte Hühner aus der U-Bahn und rannten auf dem Bahnsteig um ihr Leben.

Hermann Ganz bückte sich knurrend über sein erstes Opfer, und als er sicher war, dass dieses tot war und ihm nicht mehr gefährlich werden konnte, wandte er sich seelenruhig den Fliehenden zu.

Seiner Überlegenheit bewusst, ließ er den beiden einen kleinen Vorsprung, bevor er auf allen Vieren die Verfolgung aufnahm.

Als die Bahntüren piepsend zuglitten, sprang Ganz im letzten Moment durch den sich verengenden Spalt auf den Bahnsteig.

Es war leicht, seiner Beute zu folgen. Ihr Gestank nach billigem Fusel hing schwer in der abgestandenen Luft der unterirdischen Haltestelle. Er nahm die Witterung auf und vollführte gewaltige Sätze, die ihn meterweit durch die Luft trugen. Fahrgäste, die noch auf dem Bahnsteig standen, suchten panisch das Weite vor der heranstürmenden Gestalt. Doch Ganz war nicht an ihnen interessiert.

Er erwischte den Jungen mit den rutschenden Baggy-Pants noch auf dem Bahnsteig. Der viele Alkohol hatte sein Opfer müde und träge gemacht. Es hatte keine Chance. Er sprang ihn von hinten an, rammte seine todbringenden Klauen tief in den schutzlosen Rücken des Jugendlichen und ließ ihn links liegen, als dieser unter ihm kreischend zusammenbrach. Das Handy wurde durch den Aufprall aus seiner Hand geschleudert, schlitterte über den Bahnsteig und fiel auf die tiefergelegenen Gleise, wo das Display endgültig zerschellte.

Grunzend und geifernd nahm Hermann Ganz die Verfolgung seines letzten Peinigers auf. Der rote Adidas-Trainingsanzug bog zwanzig Meter vor ihm um die Ecke. Mit weit ausholenden Sprüngen und rasender Geschwindigkeit überbrückte er die Entfernung, schlitterte um die Ecke des sich anschließenden Gangs. Eine Rolltreppe führte nach oben. Im oberen Drittel sprang der Typ mit dem roten Adidas-Trainingsanzug, der nicht die passenden Turnschuhe zu seinem Outfit trug, die letzten Treppenstufen empor, nahm zwei bis drei auf ein Mal.

Ganz verweilte kurz am Fuß der Rolltreppe und lauschte. Mit seinem überempfindlichen Gehör vernahm er deutlich das angestrengte Keuchen seiner Beute, die ihre letzten Kraftreserven zu mobilisieren versuchte. Ein einziger, ansatzloser Sprung katapultierte ihn fast bis zur Mitte der Rolltreppe empor. Ein weiterer beförderte ihn direkt auf den Rücken seines nächsten Opfers, das gerade die letzte Stufe erklomm und von der Wucht des Aufpralls niedergestreckt wurde. Die zwei ineinander verkeilten Körper rutschten über die harten Fliesen des Absatzes, der sich zwischen den beiden Rolltreppenabschnitten erstreckte. Seine Beute prallte hart mit dem Rücken gegen die spitze Kante der Steintreppe, die neben der Rolltreppe verlief. Benommen versuchte der Junge, wieder auf die Beine zu kommen. Er hob den Kopf und starrte direkt in Ganz' glühende, bernsteinfarbene Bestienaugen, der sich tief über ihn beugte.

Ganz sorgte dafür, dass seine Fratze das Letzte war, was der Jugendliche lebend zu Gesicht bekam, bevor er mit seinen gewaltigen Säbelzähnen die Kehle seiner Beute zerfetzte.

Als er sein grausames Geschäft vollbracht hatte, wandte er sich ohne einen weiteren Gedanken an seine Opfer zu verschwenden ab und hechtete die letzten Treppenstufen auf allen Vieren hinauf. Die Katakomben der unterirdischen Haltestellen würden nicht zu seinem bevorzugten Jagdrevier werden.

Hermann Ganz suchte und fand den Ausstieg aus der U-Bahn-Haltestelle. Als er über das Drehkreuz an den verwaisten Fahrkartenschaltern vorbei sprang und die Tore aufstieß, empfingen ihn die beißenden Frostfänge der Nacht. Doch das dichte Fell, das sich unter seiner Menschenkleidung gebildet hatte, schützte ihn zuverlässig vor den herrschenden zweistelligen Minusgraden. Er eilte gebückt über die verlassenen Gehwege direkt auf die breite Hauptstraße. Keine Autos weit und breit. Eiskristalle glitzerten im Mondschein auf dem schwarzen Asphalt.

Ganz verweilte kurz in der Mitte der Straße, warf seinen keilförmig deformierten Schädel in den Nacken und ließ ein markerschütterndes Heulen aus seiner unmenschlichen Kehle aufsteigen.

Das kalte, unbarmherzige Auge des Vollmonds war sein einziger Zeuge in dieser eisigen, klirrenden Nacht.

ENDE

Die Autoren

José V. Ramos, geboren 1965 in Kirchheim unter Teck, lebt mit seiner Frau in einer beschaulichen Voralbgemeinde bei Göppingen.

Ihn interessieren alle Spielarten des Phantastischen, aber wenn er die Zeit und Muße zum Schreiben findet, dann sind seine Kurzgeschichten meist im Bereich des Unheimlichen & Horrors angesiedelt.

Mit *Black Noise* präsentiert er zum ersten Mal einige seiner Geschichten einem größeren Publikum.

Gerd Rödiger, geboren 1973 in Süddeutschland, lebt und schreibt seit einigen Jahren in Berlin.

Er veröffentlichte zahlreiche Kurzgeschichten, unter anderem in *c't – magazin für computertechnik* und *phantastisch!* unter dem Pseudonym Edgar Philips.

Er schreibt Unheimliches & Horror, Science Fiction & Near Future, und in letzter Zeit auch häufig über das Leben und Leiden in Berlin.

Neuigkeiten, Informationen zu bisherigen und bevorstehenden Veröffentlichungen, sowie Kontaktmöglichkeiten gibt es hier:

www.trapezoeder.de

Wir danken dem Team von Lektor[3], das diese gedruckte Ausgabe betreut und möglich gemacht hat!
www.lektor-hoch-drei.de

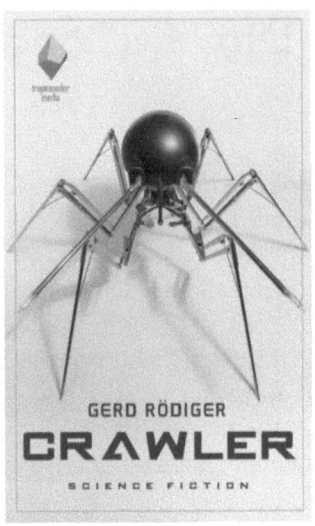

Gerd Rödiger

CRAWLER

Geschichten aus einer anderen Zukunft.

3 Storys aus der Zeitschrift c't, erstmals in einem Band!
+ 4 weitere Storys aus einer möglichen, nahen Zukunft, die
manchmal amüsant, oft absurd, und gelegentlich auch recht
verstörend ist.

Als E-Book in allen gängigen Formaten und ab Herbst auch als
Paperback erhältlich!